南 英男

脅迫

強請《ゆすり》屋《や》稼業

実業之日本社

実業之日本社文庫

目次

『脅迫　強請屋稼業』おもな登場人物

見城《けんじょう》豪《すぐる》……渋谷に事務所を構える私立探偵。九年前まで警視庁赤坂警察署の刑事で、刑事課と防犯（現・生活安全）課に所属していた。三十九歳。

帆足里沙《ほあしりさ》……パーティー・コンパニオン。見城の恋人。二十八歳。

百面鬼竜一《どうめきりゅういち》……警視庁新宿警察署刑事課強行犯係の刑事。見城の友人。四十三歳。

松丸勇介《まつまるゆうすけ》……フリーの盗聴防止コンサルタント。見城の友人。三十一歳。

唐津《からつ》誠《まこと》……毎朝日報社会部記者。見城の友人。四十五歳。

草刈聡美《くさかりさとみ》……名古屋地検特捜部検事。二十八歳。

脅迫

強請屋稼業

プロローグ

ゴングが鳴った。

前座試合の開始だ。レフェリーはいなかった。

リングの中央では、二人の美しい白人レスラーが睨《にら》み合っている。

どちらもトップレスだった。動くたびに、二人の豊満な乳房がゆさゆさと揺れる。

栗毛の女は黒いパンティーを穿《は》いていた。

ウルトラビキニだった。布地が秘めやかな亀裂《きれつ》に喰《く》い込んでいる。

対戦相手の女レスラーは赤毛だった。

真珠色のハイレグショーツで、張りのある腰を覆《おお》っている。ぷっくりとした恥丘の形が露《あらわ》だ。二人とも二十一、二歳だろうか。

肉感的な肢体は瑞々《みずみず》しかった。百七十五センチ前後はあるだろう。赤毛女のほうが数センチ高い。

一九九八年十一月上旬のある夜だ。

リングは、人里離れた山中に設けられていた。奇抜なデザインの建物の地階だった。正規のリングよりも、ひと回り大きい。ただ、張り巡らされたロープの本数は一本足りなかった。

観覧席は大学の階段教室に似た造りで、一席ごとに区切られている。ゴンドラのような形状だった。

正面のドア全体がマジックミラーになっていた。両側と背面は仕切り壁だ。

箱型のゴンドラの中には、政官財界の大物たちが乗り込んでいた。客は三十人近かった。五、六十代の男ばかりだ。

客たちは女同士のルールなしのバトルを観戦しながら、ゴンドラの中で裸女の柔肌を粘っこい手つきで撫《な》で回していた。七十過ぎの国会議員は、力のない陰茎をしゃぶらせている。侍《はべ》らせた若い女の性器を弄《もてあそ》んでいるのは経済界の超大物だ。

セックスペットは成人女性ばかりではなかった。十一、二歳の少女たちも十人ほど混じっている。そのうちの幾人かは年老いた男に胸の蕾《つぼみ》を吸いたてられ、泣きべそをかいていた。

リングの二人はパンチと蹴《け》りの応酬の後《あと》、がっぷりと組み合った。

すぐに栗毛の女が赤毛レスラーの背後に回り、左腕を相手の首に掛けた。スリーパー・ホールドだ。赤毛の女は、すぐにマットに仰向《あおむ》けに引き倒された。

だが、彼女は相手の両脚を掬《すく》い上げた。

今度は栗毛の髪をした女が転がった。尻《しり》から落ちる恰好《かっこう》だった。

赤毛女が何か罵《ののし》り、対戦相手の腹に馬乗りになった。すかさず栗毛女の顔面を拳《こぶし》で殴りつけた。二発だった。一発目で相手の唇が切れ、二発目で鼻血が出た。

「くたばっちまえ《ファック・ユー》！」

栗毛の女は憎々しげに喚《わめ》き、対戦相手の顔に爪《つめ》を立てた。

二人は組み合ったまま、転がり回った。どちらか一方が体を反転させるたびに、マットに血の雫《しずく》が飛び散った。赤毛の女の顔は、斑《まだら》に鮮血に濡《ぬ》れている。

二人は怒号と悲鳴を発しながら、ひとしきり縺《もつ》れ合った。ともに肩で呼吸していた。乱れた髪は逆立《さかだ》っている。ピンクに色づいた肌は、汗で光っていた。

やがて、栗毛の女が髪の赤い女を十字固めで押さえつけた。そのまま、チキンウィッグ・アームロックの体勢に入った。どうやら相手の腕を折る気になったらしい。

赤毛の女は整った顔を歪《ゆが》めながらも、肘《ひじ》で上体を浮かせて、栗毛女のむっちりとした腿《もも》に嚙《か》みついた。

栗毛の女が痛みを訴え、赤毛女から離れた。太腿には、歯型がくっきりと彫《ほ》り込まれていた。血もにじんでいる。

赤毛女が敏捷《びんしょう》に跳《は》ね起き、相手の腹部に膝落《ひざお》としを見舞った。栗毛の女は手脚を縮め、長く呻《うめ》いた。赤毛の女は嘲笑《ちょうしょう》し、相手のセミロングの髪を鷲摑《わしづか》みにした。

荒々しく引き起こし、バックドロップで後方に投げ落とす。頭をまともに打ちつけた栗毛女は野太く唸《うな》り、赤毛の対戦相手を組み伏せた。

二人は激しく揉み合った。

ほどなく赤毛女が優位に立ち、逆海老《ぎゃくえび》固めの体勢に入りかけた。そのとき、栗毛の女が黒いビキニパンティーの中を探った。

次の瞬間、赤毛の女が凄《すさ》まじい声を轟《とどろ》かせた。

左の脹《ふく》ら脛《はぎ》に、二十センチほどの赤い線が走っている。血だった。

立ち上がった栗毛女は、右手の指の間に剃刀刃《かみそりば》を挟んでいた。赤毛の女が怯《おび》え、慌《あわ》てて起き上がった。そのとき、栗毛の女の右腕が翻《ひるがえ》った。赤毛女が顔をしかめる。たわわに実った乳房に赤い斜線が生まれていた。

ゴンドラ型の観客席に歓声が拡《ひろ》がった。

口笛も響き渡った。

赤毛の女は頽《くずお》れ、マットの上をのたうち回りはじめた。栗毛女は誇らしげに胸を反らすと、相手を容赦なく蹴りまくった。

場所は選ばなかった。眉間《みけん》、こめかみ、喉、鎖骨、胸、鳩尾《みぞおち》、股間、腿、向こう脛《ずね》をキックした。赤毛の女は血の泡を噴きながら、気を失った。栗毛女がガッツポーズをとってから、客たちに投げキッスを送った。疎《まば》らな拍手が短く響いた。

リングの照明が消え、前座試合は終わった。

ひと目で筋者《すじもの》とわかる男たちが四方に散り、観覧席を回りはじめた。次のメインイベントには巨額の金が賭けられる。その締切り時間が迫っていたのだ。

リングの汚れたシートが引き剝《は》がされ、ふたたびライトが煌々《こうこう》と灯《とも》った。熱い拍手が場内を圧《あっ》した。

青コーナーには、日本を代表するグレーシー柔術の達人が控えていた。二十代の後半で、どこか修行僧を思わせる面差《おもざ》しだった。頰の肉はナイフで削ぎ落としたように窪《くぼ》んでいる。

グレーシー柔術は、ブラジルの格闘技の雄と呼ばれた故エリオ・グレーシーが日本古来の柔術に自らが編み出した秘技を加えて完成させたスポーツだ。世界最強の格闘技と高く評価されている。

赤コーナーには、元ミドル級東洋チャンピオンのキックボクサーが立っていた。三十二歳だ。色が浅黒く、全身に威圧感を漂わせている。眼光も鋭い。唇は極端に薄かった。いかにも凶暴そうな面構えだった。

この異種格闘技戦は殺人試合《デスマッチ》である。

ルールは一切《いっさい》なかった。制限時間もなく、レフェリーストップもない。どちらか一方が息絶えるまで死闘はつづけられる。

勝者のファイトマネーは、一試合二億円だった。その代わり、敗北者に報酬はない。文字通り、死を賭《と》した勝負である。闇試合のプロモーターは裏社会の人間だった。ディーラーでもある彼の懐《ふところ》には、賭け金の約二割がテラ銭として転がり込む。

殺人試合のゴングが高らかに鳴った。

場内が水を打ったように静まり返る。グレーシー柔術家とキックボクサーの視線が交わり、火花が散った。両者とも殺意を漲《みなぎ》らせている。使い込んだ白い稽古《けいこ》着をまとった男は自然体で立ったまま、仕掛ける気配はうかがえない。裸足《はだし》だった。

キックボクサーは光沢のある青いトランクス姿だったが、グローブは嵌《は》めていなかった。

両の拳には、やや厚めのバンテージが巻かれている。靴の先端には、馬蹄《ばてい》に似た特殊な金具が装着してあった。むろん、特別誂《あつら》えだった。

二人は対峙《たいじ》した状態で、互いに相手の隙《すき》をうかがっている。息詰まるような数分が流れた。

先に焦《じ》れたのはキックボクサーだった。

数歩踏み込んで、ローキックを放つ。スピードのある蹴りだった。

だが、対戦相手はなんなく躱《かわ》した。動きは小さかった。まるでダンスステップのような歩捌《ほさば》きだった。

キックボクサーが顔を紅潮させた。

相手に侮《あなど》られたと感じたのだろう。キックボクサーがフェイントを掛けた。しかし、柔術家は挑発に乗らなかった。

キックボクサーがいきり立ち、高く跳《と》んだ。

宙で、右脚が折られる。膝蹴りを相手に浴びせる気らしい。

グレーシー柔術家はサイドステップを踏み、すぐに相手の軸足《じくあし》を払った。キックボクサーの腰が砕《くだ》ける。マットに尻餅をつく前に、柔術家が組みついた。

その瞬間、キックボクサーが肘で相手のこめかみを弾《はじ》いた。骨が鈍く鳴った。柔術家が一瞬、棒立ちになった。

キックボクサーは、すかさずショートアッパーを繰り出した。パンチは柔術家の顎《あご》に炸裂《さくれつ》した。

柔術家が半歩退《さ》がった。

ほとんど同時に、キックボクサーが足を飛ばした。倒れたままだった。

横蹴りは、柔術家の膝頭の斜め上に入った。腿の内側だ。意外に知られていないが、そこは急所の一つである。

グレーシー柔術家が口の中で呻き、体をふらつかせた。

キックボクサーは立ち上がるなり、強烈な中段回し蹴りを見舞った。空気が躍《おど》った。

筋肉と筋肉がぶつかり合う。

柔術家は横倒しに転がった。

キックボクサーが抜け目なく走り寄って、連続蹴りを放った。狙ったのは顔面と腹部だった。

柔術家の口許《くちもと》が血糊《ちのり》で染まった。

蹴られて、前歯を折ってしまったようだ。一本ではなく、二本だった。

キックボクサーが、またもや足を飛ばそうとした。今度は喉の軟骨《なんこつ》を潰《つぶ》すつもりなのか。柔術家が腰をスピンさせ、長い両脚で相手の片方の脚を挟んだ。

キックボクサーは呆気《あっけ》なく捻《ひね》り倒された。

柔術家が草食獣のような身ごなしで起き上がり、相手の体を釣り上げた。そのまま裏投げでマットに叩きつけ、腕ひしぎ十字固めで左腕を痛めつけた。

キックボクサーは苦痛に耐えながら、柔術家の右足首を捩折《ねじお》ろうとしている。

しかし、ほどなく彼の口から動物じみた唸り声が迸《ほとばし》った。関節技で攻められていた左腕をへし折られたからだ。

グレーシー柔術家は静かに立ち上がり、リング中央に戻った。

キックボクサーが憎悪に燃える目で対戦相手を睨《ね》めつけながら、ふらふらと立ち上がった。左腕は奇妙な形に捩曲がっている。

「もう少し遊んでやろう」

柔術家がくぐもった声で言い、血塗《ちまみ》れの前歯を噴《ふ》き飛ばした。二本の歯は相手の顔面に当たって、マットに落ちた。

「ふざけやがって。ぶっ殺してやる！」

「くたばるのは、そっちだ。念仏でも唱《とな》えるんだな。くっくっく」

「てめえ！」

キックボクサーが右のロングフックを放つと見せかけ、下段回し蹴りを見せた。

柔術家は軽やかなフットワークで退がり、一気に飛翔《ひしょう》した。全身が発条《ばね》になっていた。実に華麗な跳躍だった。

柔術家は空中で体を矢のように横に寝かせると、両足でキックボクサーの首を挟んで捻り倒した。相手は朽木《くちき》のように倒れた。

柔術家は寝技を次々に披露し、チョーク・スリーパーという絞め技で止《とど》めを刺した。キックボクサーは白目を晒《さら》し、全身を痙攣《けいれん》させはじめた。

十数秒経《た》つと、急に動かなくなった。

柔術家は相手の手首を取った。脈動が熄《や》んでいることを確かめると、彼は血で汚れた顔を綻《ほころ》ばせた。

ちょうどそのとき、警報ブザーがけたたましく鳴りはじめた。

場内の照明が一斉に消された。客とセックスペットたちが不安そうな声をあげた。

柄の悪い男たちが血相を変えて、慌ただしく表に飛び出していった。彼らは自動拳銃や短機関銃《サブマシンガン》を手にしていた。

どうやら誰かが秘密リングに接近したらしい。

第一章　謎の脅迫者

1

生欠伸《なまあくび》が止まらない。

見城《けんじょう》豪《すぐる》は時間を持て余していた。自宅を兼ねたオフィスである。

あと数分で、午後七時だ。きょうは、もう依頼人は訪れないだろう。

見城は事務机から離れ、長椅子《いす》に寝そべった。

渋谷区桜丘町《さくらがおかちょう》にある賃貸マンションの一室だ。間取りは1LDKだった。

LDKの部分は十五畳ほどの広さだ。リビングには、応接ソファセット、スチールデスク、キャビネット、パーソナル・コンピュータ、資料棚などが並んでいる。

ダイニングキッチンは、九畳のスペースだった。居間とはオフホワイトのアコーディオン・カーテンで仕切れるようになっていた。

見城は私立探偵である。三十九歳だ。

『東京リサーチ・サービス』などという大仰《おおぎょう》な看板を掲げているが、それは商売上のはったりに過ぎない。まったくの個人営業だった。

調査員はおろか、電話番の女性事務員さえ雇っていなかった。見城は自分だけで、すべての調査依頼をこなしていた。といっても、守備範囲はあまり広くない。ふだんは、もっぱら男女の素行調査を手がけていた。いわゆる浮気調査だ。

それでも時々、失踪人《しっそうにん》捜しや脅迫者の割り出しを頼まれる。そうした仕事が舞い込むと、見城はにわかに張り切る。昔の血が騒ぐのだ。

見城は九年前まで、赤坂署の刑事だった。在職中に女絡《がら》みの傷害事件を引き起こし、依願退職せざるを得なくなったのだ。やめたときの職階は警部補だった。

もともと見城は女性に好かれるタイプだ。歌舞伎《かぶき》役者を想《おも》わせる切れ長の目は涼しく、鼻も高い。体型もスマートだ。身長百七十八センチで、体重は七十六キロである。筋肉質の体軀《たいく》で、贅肉は数ミリも付いていない。

見た目は優男《やさおとこ》そのものだが、性格はきわめて男っぽかった。

腕っぷしも強い。実戦空手《フルコンタクト》三段、剣道二段だ。柔道の心得もあった。射撃術の腕も、まだ鈍《にぶ》ってはいない。

刑事をやめた見城は、大手の調査会社に入った。二年で調査員の仕事をマスターし、七年前に独立したのだ。

仕事そのものは楽だったが、あまり儲《もう》からない。信用がないからか、依頼件数は月にせいぜい三、四件だ。家賃や光熱費を差っ引くと、実収入は六十万円前後にしかならない。

なにぶんにも同業者が多すぎる。全国には約三千五百社の調査会社がある。都内だけでも、五百数十社にのぼる。

主に企業信用調査を引き受けている大手業者は年商百億円以上も稼ぎ出しているが、その数は十社にも満たない。準大手は五、六社だ。中堅も三十社はない。

残りは、飛び込み客を相手にしている零細業者や私立探偵だ。

その種の調査会社は、業界で〝一本釣り業者〟と呼ばれている。ハローページに派手な広告を載せ、ひたすら飛び込み客を待つわけだ。そのことから生まれたネーミングである。

見城は単なる冴《さ》えない調べ屋ではない。

その素顔は凄腕《すごうで》の強請屋《ゆすりや》だった。本業の調査を進めていくと、悪事やスキャンダルが透けてくることがある。そんな場合、見城は陰謀の首謀者や醜聞の主を非情に脅す。巨額をせしめ、時には相手を闇《やみ》に葬《ほうむ》ってしまう。

別に、義賊を気取っているわけではなかった。権力や財力を持つ傲慢《ごうまん》な成功者たちを嬲《なぶ》ることが愉しくて仕方ないのだ。

実際、救いようのない極悪人どもを情け容赦なく痛めつける快感は深かった。尊大に振る舞っていた男たちが土下座して命乞いをする姿を目にすると、下剋上《げこくじょう》の歓びを味わえる。

もちろん、数千万円、数億円といった口止め料も魅力だ。金は、いくらあっても邪魔にはならない。

それは情事代行業だ。見城には、もう一つ裏の顔があった。

いる。報酬は一晩十万円だった。見城は、夫や恋人に裏切られた不幸な女たちをベッドで慰めている。報酬は一晩十万円だった。女好きの見城は、性の技巧に長《た》けている。最低三度は、パートナーを極みに押し上げることを自分に課していた。

これまでに八十人以上の客と肌を重ねてきたが、料金のことでクレームをつけられた覚えはない。それどころか、リピーターは増える一方だ。丸一週間、自宅マンションに戻れなかったこともある。

見城は身を横たえながら、ロングピースをくわえた。

ヘビースモーカーだった。一日に七、八十本は喫《す》っている。

煙草の火を消したとき、部屋のインターフォンが鳴った。見城は起き上がり、玄関に急いだ。

ドアスコープを覗《のぞ》く。

来訪者は坂巻圭太《さかまきけいた》だった。大学時代の先輩だ。二つ年上の坂巻は、大手総合建設会社《ゼネコン》三友建設《さんゆうけんせつ》の社員である。

見城はドアを開けた。

「急に押しかけて悪い！」

「奥さんが浮気してる気配でもあるんですか？」

「ばかを言うな。おれたち夫婦は円満さ。会社のことで、ちょっと見城の力を借りたいんだ。入らせてもらうぞ」

坂巻がコートを脱いだ。

背広はグリーングレイだった。中肉中背で、ボストン型の眼鏡をかけている。

見城は坂巻を居間のソファに坐《すわ》らせ、手早く二人分のコーヒーを淹《い》れた。インスタントコーヒーだった。

向かい合うと、坂巻が先に口を開いた。

「いま、調査の依頼は？」

「目下《もっか》、開店休業中って状態ですね」

「それなら、ちょうどいいな。うちの会社の役員が巧妙な色仕掛けに引っかかって、困ったことになってるんだ」

「企業恐喝屋に狙われたようですね」

見城は言って、煙草に火を点けた。

「それが、どうもそうじゃないらしいんだよ。おまえ、二〇〇五年に伊勢《いせ》湾の常滑《とこなめ》沖に中部新国際空港ができるって話を知ってる？」

「先輩、ばかにしないでくださいよ。おれは山奥で仙人のような暮らしをしてるわけじゃありません。毎日、ちゃんと新聞を読んでるし、テレビのニュースも観《み》てますよ」

「知ってるなら、話が早い」

坂巻がマグカップに手を伸ばした。

現在、利用客が一千万人の名古屋（小牧）空港は二十一世紀初めにはパンクすると言われている。そこで、中部経済界を中心に愛知県下に新国際空港建設を望む声が高まった。政府もこの計画を受け入れ、平成十年度に正式に新規事業化が認められた。

新空港は名古屋の南約三十五キロの常滑沖約三キロの海上に八百ヘクタールの人工島

を造り、国内線・国際線を一元化した二十四時間運航可能なハブ空港にするという計画だ。

とりあえず開港時までに、三千五百メートルの滑走路を完成させることになっている。空港島本体の総事業費は七千六百八十億円で、空港島までの連絡橋や対岸開発などの関連事業を含めた費用は一兆五千億円を超す。

新空港の建設・運営をするのは、中部国際空港会社（本社・名古屋市）だ。国・自治体と民間会社の出資で設立された。

総事業費の四割を、国、地方自治体、民間が四対一対一の割合で負担し、残りの六割を政府保証償や銀行借り入れで賄《まかな》うことになっている。民間の出資者は中部経済界の有力企業七社だ。

空港会社の社長には地元自動車メーカーの人間が登用され、副社長には運輸（現・国土交通）省の元自動車交通局長が就任した。また同省の元港湾局長が特別技術顧問として派遣《はけん》されることが決まっている。

「関西国際空港に次ぐ超大型プロジェクトだから、ゼネコン業界の利権争奪戦は凄まじいんだろうな」

見城は、長くなった灰を指ではたき落とした。

「早くも怪文書が乱れ飛んでる。日本の建設会社は五十六万社もあって、就業人口は七百万人近くいるんだよ。長引く不況で、仕事はめっきり少なくなった。どこの社も、中部空港には注目してるんだ。民間主導といっても、幅広い意味では公共事業だからね」

「先輩には悪いが、公共事業で国民の税金を無駄遣《づか》いするのはよくないな。民活の目玉事業と騒がれた東京湾横断道路なんか過大な収入を当て込んで、結局、事業費が大幅にオーバーしちゃって、一兆五千億円にも膨らんだって話でしょ?」

「試算が甘かったことは確かだろうな」

「一日に五万から十万台の車が利用するだろうなんて、甘すぎますよ。開通してみたら、実際の交通量は一万台前後だったんだから」

「そうだったな」

坂巻が微苦笑して、コーヒーを啜《すす》った。

「景気対策の名のもとに、無駄な公共事業に予算を回しすぎですよ。工業用水も農業用水も充分に足りてるのに、なおもダムを造ってる。本州と四国を結ぶ架橋は、三本もある。外国で笑い物にされても仕方ないでしょうね」

「厳しいことを言うな。政治家は、集票マシンの建設業者を敵に回せないんだ。だから、公共事業の予算を削減したがらないんだよ」

「その結果、政治家と土建業者の癒着《ゆちゃく》から、政官財の凭《もた》れ合いが生まれる」

見城は苦々しい気持ちで、煙草の火を乱暴に揉み消した。

「おまえが腹立たしく思う気持ちもわからなくはないが、〝土建国家〟は揺るがない。そういう構造ができ上がってしまったんだよ。それに、七百万人近い労働者が喰っていかなきゃならないよな。中部国際空港の工事受注はどこだって……」

「先輩の会社も、メインの共同企業体に喰い込むつもりなんでしょ？」

「もちろん、そのつもりさ。で、かなり前から大手ゼネコン六社の親睦《しんぼく》組織『睦友会《ぼくゆうかい》』で配分の調整を重ねてきたんだよ」

「要するに、談合ってやつですね」

「はっきり言いやがる。その言葉は、業界では禁句なんだ。談合絡みの汚職でさんざんマスコミに叩《たた》かれたし、建設（現・国土交通）省からもいろいろ厳しい指導があったからな。それで、最近は勉強会とか研究会という言い方をしてるんだよ」

「しかし、中身は談合そのものなんでしょう？」

「ま、そういうことだな。仕事量が全体に減ってるから、ゼネコンはどこも必死なんだ。大手だからって、中部国際空港の工事を受注できるとは限らない。準大手ゼネコン、地元名古屋の中堅業者、それから大手の海洋土木業者《マリコン》、アメリカの巨大ゼネコンや航空関連会社も受注を狙ってるんだよ」

坂巻が一息に喋《しゃべ》り、セブンスターに火を点けた。

「ゼネコンばかりじゃなく、海洋土木業者も大型プロジェクトに熱い視線を注いでるんですか」

「そうなんだよ。彼らは海洋土木のエキスパートだから、掘削技術も秀《す》ぐれてるし、埋め戻し船も大型のやつも持ってる。大手マリコンの存在は脅威だよ。ゼネコン対マリコンの勝負は土砂で決まりそうだな」

「土砂ですか？」

見城は訊《き》き返した。

「そう。人工空港島は、およそ六千万立法メートルの土砂で埋め立てて造るんだ。ゼネコンは建設残土や砂を使うんだが、マリコンは海底の土砂を掘削する気でいるんだよ」

「建設海域が伊勢湾となると、経費や工期については海洋土木業者のほうが有利なんじゃないですか？　土砂の採取場所が同じ海なんですから」

「単純に考えると、その通りだよな。しかし、六千万立法メートルの土砂となると、一カ所で採取するわけにはいかないんだ。短い間に土砂を集めるには、最新鋭の超大型掘削船が何隻も必要になる」

「でしょうね」

「そうした経費がかかるから、一トン当たりの値はゼネコンの建設土砂とそれほど変わらなくなるんだよ。むしろ、ゼネコンが常滑の近くで建設土砂を集めることができれば、コストはこっちのほうが安くなるかもしれないな」

「なるほど。当然、準大手のゼネコンや地元の業者も参入の地盤固めをしてるんでしょ？」

「どこも運輸（現・国土交通）省や建設（現・国土交通）省のＯＢを担《かつ》ぎ出して、中央や地元の政官財に熱心に売り込んでるよ。アメリカの企業は、日米政府が交わした相互入札の合意書を楯《たて》にして、派手な根回しをしてる」

「しかし、結局は従来通りに大手ゼネコン六社がおいしい仕事を受注することになるわけだ」

「いや、それが難しくなってきたんだよ。うちの役員をスキャンダルの主役に仕立てた謎の脅迫者が、三友建設はただちに『睦友会』を脱退せよと脅しをかけてきたんだ」

坂巻が溜息《ためいき》をついて、喫いさしの煙草の火を消した。

「『睦友会』の加盟会社で、その種の脅迫を受けたのは三友建設だけなんですか？」

「いや、うちのほかに丸林組《まるばやしぐみ》、五井開発《ごいかいはつ》、トミタ住建《じゅうけん》が同様の罠《わな》に嵌《は》まって、同じことを要求されたんだ。蜂谷組《はちやぐみ》と東日本林業《ひがしにほんりんぎょう》の二社は、いまのところ何も問題は起こってないようだがね」

「誰かが大手ゼネコンの談合組織を潰そうと画策してるようだな」

「ああ、それは間違いないだろう」

「先輩、『睦友会』の幹事会社はどこなんです？」

「今年は蜂谷組だよ。毎年、六社が輪番制で幹事会社を引き受けてるんだ。そのことは事件に関係ないと思うがな」

「そうかもしれませんね。これまでにビッグプロジェクトを最も多く落札した会社は？」

「うちと丸林組かな。といっても、どこか一社が丸々、大口工事を受注するというケースは少ないいんだ。たいてい数社で共同企業体を結成して、それぞれの得意分野の工事を請け負う形をとってるんだよ」

「しかし、いつも大手六社が共同企業体に参入してるわけじゃないんでしょ？」

見城は問いかけ、コーヒーで喉《のど》を潤《うるお》した。

「六社が揃って主体工事を受注することは避けてるんだ。そんなことをしたら、準大手や中小ゼネコンにやっかまれて、それこそ関係省庁やマスコミに怪文書を回されることになるからな」

「業界全体のバランスを考えながら、うまく仕事を分け合ってるわけだ」

「ま、そういうことだな。おまえ、興味があるようだが、謎の脅迫者捜しを引き受けてくれる？」

坂巻が探るような眼差しを向けてきた。

見城は即座に快諾《かいだく》した。強請の材料を摑めそうな気がしたからだ。

「そうか、ありがとう。頭を抱えてる役員に元刑事の私立探偵を知ってるって話したら、ぜひ打診してみてくれないかって頼まれたんだ。これで、おれの顔も立つよ。謝礼はできるだけ弾むから、ぜひ力になってくれないか」

坂巻が深々と頭を下げた。

見城は手帳を開き、改めて詳しい話を聞かせてもらった。三週間ほど前に罠に嵌まったのは常務の坪内寿行《つぼうちとしゆき》だった。

その夜、坪内常務は日比谷の帝都ホテルで取引先の役員たちと会食して別れた後《あと》、ひとり銀座の馴染みのバーに向かった。

その途中、坪内は裏通りで二十七、八歳の金髪美人と出会い頭にぶつかった。その弾みで、坪内の縁なし眼鏡が路上に落ちた。

それをブロンド美人が、うっかりハイヒールで踏み潰してしまった。レンズは割れて使いものにならなくなっていた。相手の女性は幾度も謝り、何が何でも弁償させてほしいと繰り返した。

しかし、もうどこの眼鏡店も閉まっていた。坪内は英語で、そのことを伝えた。すると、ブロンド美人はせめてものお詫《わ》びに一献《いっこん》差し上げたいと申し出た。

坪内はもう少し飲みたいと思っていた。誘われるままに、彼女が投宿している赤坂のシティホテルまでついていった。

二人は最上階のレストランバーで向かい合った。

女は自分がアメリカ人の画商であることを問わず語りに喋り、スーザン・ロジャックスと名乗った。坪内は、成り行きから自分の名刺をスーザンに渡すことになった。名刺の裏には、英文で社名や氏名が記してあった。

スーザンは日本画に造詣が深いばかりではなく、日本の伝統文化も広く知っていた。話は弾んだ。

一時間ほど経ったころ、スーザンが自分の部屋で飲み直そうと言い出した。

坪内は不作法だと思いつつも、スーザンの申し出を断れなかった。二人は十七階の部屋に移り、改めてスコッチの水割りで乾杯した。

数十分が過ぎたころ、坪内はトイレに立った。手洗いから出ると、ソファにスーザンの姿はなかった。どこにいるのか。

呼びかけると、寝室からスーザンの返事が聞こえた。

坪内は何か見えない力に背を押されて、奥に歩《ほ》を進めた。次の瞬間、彼は声をあげそうになった。

あろうことか、素っ裸のスーザンがベッドに仰向けに横たわっていた。しかも立てた両膝をこころもち開いている。

寝室は明るかった。柔らかそうなバター色の飾り毛が、きらきらと光っている。ローズピンクの縦筋まで見えた。

それを目にしたとたん、五十九歳の坪内も分別を忘れてしまった。

白人女性を抱いたことは一度もない。それだけに、興味深かった。自制心が働かなくなった。

坪内はベッドに駆け寄り、夢中でスーザンにのしかかった。

スーザンのキスは巧《たく》みだった。男の性感帯を識《し》り抜いてもいた。坪内は煽《あお》りに煽られ、せっかちに体を繋《つな》いだ。

スーザンは大胆に腰を使った。坪内は呆気なく果ててしまった。

欲情の嵐が凪《な》ぐと、味気ない気分に包まれた。スーザンは色白だったが、肌理《きめ》が粗《あら》かった。両腕には、金色の産毛《うぶげ》がびっしり生えていた。日本女性のように、恥じらうこともなかった。

事後、全裸のままでビデを使いにトイレに駆け込んだ。

坪内はスーザンがシャワーを浴びている隙に、逃げるように部屋を出た。一夜のアバンチュールと信じて疑わなかった。

ところが、二週間後に会社に一巻のビデオテープが届けられた。そのビデオには、先夜の情事が鮮明に映し出されていた。

坪内は自分が罠に嵌まったことを知り、みるみる蒼《あお》ざめた。小包に差出人の名はなかった。消印は中央郵便局のものだった。

坪内は、スーザンと名乗った金髪女性が美人局《つつもたせ》の常習犯と踏んだ。しかし、彼女は何も要求してこなかった。

それが、かえって不安だった。悪い予感は当たった。五日前に正体不明の男が常務室の直通電話を鳴らし、三友建設がただちに『睦友会』から脱けることを求めてきたのだ。

男の声は、ひどく聴き取りにくかった。おそらくボイス・チェンジャーを使っていたのだろう。使われたのは日本語だった。

坪内は狙われたのが自分ひとりだけではないような気がしてきた。それとなく他の大手ゼネコンの加盟会社に探りを入れてみると、丸林組、五井開発、トミタ住建の役員たちがスーザンと思われる白人女性の色仕掛け《ハニートラップ》に引っかかっていた。

「坪内常務に直《じか》に会ってもう少し詳しい話を聞きたいということなら、明日の夜にでも時間を作ってもらうよ」

坂巻が言った。

「会ってみたいですね」

「わかった。それじゃ、手配しよう。見城、そっちの条件は？」

「着手金の百万は、明日、用意してもらいましょうか。小切手で結構です」

「そうか。成功報酬は？」

「脅迫者の正体を突きとめたら、五百万円いただきたいですね」

「五百万とは、ずいぶん吹っかけたな」

「危険を伴う調査になるでしょうから。五百万の成功報酬が高いと感じるなら、別の探偵を雇ってください」

見城は譲らなかった。先輩絡みの依頼でなければ、一千万円は要求していただろう。

「わかった、おまえの条件は呑《の》もう。その代わり、調査内容は決して口外しないでくれよな」

「その点は安心してください」

「それじゃ、明日、必ず連絡するよ」

坂巻がコートを摑んで立ち上がった。

見城もソファから腰を浮かせた。

2

どこか暴力的なアドリブだった。

店内には、ソニー・ロリンズの曲が流れていた。三十年以上も前に流行《はや》ったモダンジャズだ。

見城は店の中を見渡した。

客の姿はない。無口なバーテンダーが乾いた布でグラスを磨いている。

馴染《なじ》みのジャズバー『沙羅《さら》』だ。店は、南青山三丁目の古びた雑居ビルの地下一階にある。

それほど広くない。右手にL字形のカウンターがあり、左手はボックス席だった。

店のオーナーは変わり者の洋画家だ。めったに店には顔を出さないが、その頑固さは昔と少しも変わっていない。

経営者の絵描きは流行《はや》りものをすべて軽蔑《けいべつ》し、一九六〇年前後のライフスタイルを大事にしていた。店のBGMは、その時代のジャズやブルースばかりだ。

もちろん、CDプレーヤーはない。使われるレコードは分厚いLP盤に限られていた。

見城はカウンターの中ほどに坐った。

バーテンダーが会釈《えしゃく》し、酒棚から見城のキープボトルを掴み上げた。ブッカーズだった。バーボン・ウイスキーである。

「おれが口開けの客らしいな」

「ええ、そうです。早いんですね、今夜は」

「仕事の依頼がないんで、時間を持て余してるんだよ」

見城は苦笑し、ロングピースをくわえた。

坂巻が帰って間もなく、自宅マンションを出た。行きつけの小さなレストランで夕飯を摂《と》るつもりでいたのだが、あいにく店は休みだった。

別の店を探すのは面倒な気がした。それで、この店にやってきたのである。まだ八時を数分回ったばかりだ。

「ロックにします？　それとも、水割りにしましょうか」

「水割りにしよう。昼飯を喰ったきりで、何も腹に入れてないんだ」

「それでしたら、ローストビーフを少しお切りしましょうか？」

「そうだな。ついでに、ジャーマンポテトとスモークド・サーモンも貰おう」

「はい」

バーテンダーが手早くバーボンの水割りをこしらえ、シンクの前に戻った。

見城はグラスを口に運んだ。

少し経つと、ソニー・ロリンズのレコードが止まった。次のＢＧＭはニーナ・シモンだった。ピアノの弾き語りだ。

一杯目の水割りが空になる前に、オードブルが届けられた。

見城は、すぐにフォークを手に取った。オードブルを平らげたころ、常連客の三人連れが店に入ってきた。近くにある映像制作会社の社員だった。

彼らは見城に目で挨拶し、奥のボックス席に落ち着いた。この店には、銀行員や公務員は来ない。常連客は、くだけた仕事に携わっている者ばかりだった。

二杯目の水割りを半分近く空けたとき、店に旧知の新聞記者が入ってきた。

毎朝日報社会部の唐津誠《からつまこと》だ。刑事時代からの知人である。

四十五歳の唐津は、かつて社会部の花形記者だった。しかし、離婚ですっかり人生観が変わったらしく、自ら遊軍記者になった変わり種《だね》だ。豪放磊落《ごうほうらいらく》な性格で、心根《こころね》も優しい。見城は裏稼業で、唐津に何かと世話になっていた。唐津は見城の素顔が強請屋であることに気づいているようだったが、警察に密告するような真似はしなかった。

「やっぱり、ここにいたか」

唐津がどんぐり眼《まなこ》を和《なご》ませた。

「場違いな客が紛れ込んできたのかと思いましたよ。髪がぼさぼさなんでね」

「おれ、宿なしっぽいか」

「もう少し身だしなみに気を遣ってもいいんじゃないですか。相変わらず髪の毛はぱさついてるし、スラックスの折り目も消えてる。靴も埃だらけですよ」

「男は、見てくれなんてどうだっていいんだよ」

「それにしても、そんなふうじゃ、なかなか再婚相手は見つからないと思うな」

「もう結婚はいいよ。それより、ちょっと相談があるんだ」

「ま、どうぞ」

見城は、かたわらのスツールを少し引いた。

唐津が左隣に腰かけた。見城はバーテンダーに声をかけ、新たにバーボンの水割りをこしらえてもらった。二人は軽くグラスを触れ合わせた。

唐津が水割りウイスキーをひと口飲んでから、小声で切り出した。

「見城君、うちの社に二年前までいた榊原充《さかきばらまこと》のことを憶《おぼ》えてるよな？」

「ええ、憶えてますよ。唐津さんと三人で何度か飲んだことがありますんで」

「そうだ、そうだったよな」

「彼は毎朝日報の社会部をやめて、フリーのジャーナリストになったんでしょう？」

「そう。月刊総合誌に硬派なルポを精力的に書いてる。榊原はおれより三つ年下だが、ジャーナリストとしては優秀な奴だよ」

「榊原さんのことで何かあったようだな」

「そうなんだ。一昨日《おととい》から、榊原の行方がわからないんだよ」

「どういうことなんです？」

見城は訊《き》いた。

「夕方、榊原の奥さんが社に訪ねてきたんだが、彼女の話によると、榊原は取材先のホテルに荷物を残したまま、いまも行方がわからないらしいんだ」

「榊原さんは、なんの取材で出かけたんです？」

「奥さんには旅行雑誌のルポ記事の取材で伊勢湾周辺を回ると言ってたらしいんだが、その雑誌の編集部は榊原に原稿の執筆依頼はしてないと言ってるそうなんだ」

「不倫旅行でもしてたんですかね」

「いかにも女好きの見城君らしい発想だな。きみと違って、榊原は女性に対して誠実なんだ」

「唐津さん、ちょっと待ってください。おれだって、女を裏切るようなことは一度だってしてませんよ」

「とにかく、榊原は浮気なんかするような男じゃない。あいつは奥さんに惚《ほ》れて惚れ抜いて一緒になったから、絶対に不倫に走るような真似はしないさ」

「それだけ奥さんを大事にしてる彼が、なぜ嘘をついたんですかね」

「それは、多分、奥さんに余計な心配をさせたくなかったからだろう」

唐津が答えた。

「余計な心配？」

「ああ。榊原は硬骨なジャーナリストだから、世の中の矛盾を鋭く衝《つ》いて、どんな権力や権威にも手加減することはなかった。そのせいで、右翼や暴力団に命を狙われることもあったそうだ」

「なるほど。それで、取材内容を詳しく奥さんには話さなかったわけか」

「きっとそうにちがいないよ」

「榊原さんは、なんの取材で三重に行ったんでしょう?」

「四日市の公害問題は今更ってことになるだろうから、伊勢湾の海洋汚染か何かの取材だったのかもしれないな」

「そうなんだろうか」

「取材内容が何であれ、榊原が事件に巻き込まれた可能性があると思うんだよ。それで、見城君にちょっと調べてもらいたいと思ったんだが、いま、忙しいのか?」

「ほんの数時間前に、大きな調査依頼を受けちゃったんですよ」

「そうなのか」

「大学時代の先輩が依頼人なんで、断るわけにはいかなくてね。お力になれなくて、申し訳ない」

見城は詫びた。

「そういうことなら、仕方がないな。いいんだ、気にしないでくれ」

「先輩から頼まれた仕事が早く片づいたら、協力させてもらいますよ」

「いや、そこまで気を遣わないでくれ。おれが自分の取材を中断させて、榊原の行方を追ってみる」

「榊原さんの捜索願は？」

「むろん、出したそうだ。しかし、いま現在は何も手がかりはないらしいんだよ」

「そうなんですか。知らない人間じゃないから、おれも気がかりだな」

「そのうち、ゆっくり会おう。社の車を待たせてあるんだ」

唐津が見城の肩を軽く叩き、スツールから滑り降りた。見城は腰かけたまま、唐津を見送った。

それから十五分ほど流れたころ、店に百面鬼《どうめ》竜一《きりゅういち》がやってきた。

芥子《からし》色の派手なスーツを着込み、トレードマークの薄茶のサングラスをかけている。剃髪頭《スキンヘッド》で、ひどく目立つ。風体は筋者にしか見えないが、百面鬼は新宿署刑事課強行犯係の刑事だ。職階は警部補である。

四十三歳の百面鬼は、根っからの悪党刑事だった。

練馬区内にある寺の跡継《あとつ》ぎ息子だが、仏心《ぶっしん》や道徳心はひと欠片《かけら》もない。狂犬のように凶暴で、並外れた好色漢だ。万事に抜け目がなく、金銭欲も強い。

百面鬼は防犯（現・生活安全）課時代から平気で暴力団から金品を脅し取り、押収した麻薬や銃刀をこっそり西日本の犯罪組織に売り捌《さば》いて小遣い銭を稼いでいた。一年間に最低でも一億円は悪銭を得ているはずだ。

それだけではなかった。百面鬼は、新宿歌舞伎町のソープ嬢や風俗嬢とたいがい只《ただ》で寝ていた。ソープランドや風俗店の経営者たちの弱みをちらつかせて、女たちを提供させたのである。

刑事課に移ったのは七年前だが、ろくに仕事はしていない。職務そっちのけで、強請《ゆす》りやたかりに励んでいる。

そんな悪行を重ねていても、誰も百面鬼を咎《とが》めようとしない。それには理由《わけ》があった。鼻抓《つま》み者のやくざ刑事は、本庁の警察官僚《キャリア》や各所轄署の不正の事実を握っていた。署長たちのスキャンダルも押さえていた。

法の番人である警察も、決して高潔とは言えない。さまざまな不正がはびこっている。大物の政財界人に泣きつかれて、捜査に手心を加えるケースは少しも珍しくない。交通違反や小さな傷害事件の揉み消しなどは、日常茶飯事だ。暴力団の組長からゴルフのクラブセットや高級腕時計を平気で貰っている警察幹部もひとりや二人ではない。

悪徳警官の取り締まりをしている警視庁警務部人事一課監察も、百面鬼には手を出せない。彼を告発したら、腐敗しきった警察社会を暴かれてしまう恐れがあるからだ。警察庁の首席監察官も同じだった。

それをいいことに、百面鬼は職場で好き勝手に振る舞っている。覆面パトカーや拳銃も私物化していた。

アクの強い百面鬼には、友人らしい友人はいなかった。ただ、なぜだか悪党刑事は見城には気を許している。もう十二年以上の腐れ縁だ。二人とも射撃術に長けていた。揃ってオリンピック出場選手の候補に選ばれたことが親しくなるきっかけだった。

どちらも予選で落ちてしまったが、そのときの残念会で意気投合したのだ。それ以来、週に二、三度は会っている。百面鬼は単なる飲み友達ではない。強請の相棒でもあった。

「見城ちゃん、ずいぶん早《はえ》えじゃねえか」

百面鬼がそう言いながら、隣に腰かけた。さっきまで唐津が坐っていた席だ。

「十五分ぐらい前まで、唐津さんがいたんだ」

「ふうん。まさか唐津の旦那《だんな》、おれたちのサイドビジネスのことをちらつかせて、何か裏取引を持ちかけてきたんじゃねえだろうな」

「百《どう》さん、なにビクついてんの？　毎朝日報の遊軍記者は、元同僚のことで相談にきたんだよ」

見城は詳しい話をした。

「その榊原って奴、新しい女と駆け落ちしたんじゃねえのか？」

「妻にぞっこんらしいから、それは考えられないってさ」

「そうか」

百面鬼が興味なさそうに短く応じ、バーテンダーにロックグラスを持ってこさせた。いつものように見城のボトルを勝手に摑み上げ、自分のグラスにブッカーズをなみなみと注ぐ。

「他人《ひと》の酒だと思って、景気よく注ぐなあ」

「わかってねえな、見城ちゃんは。何遍も言ったけどさ、おれは友達《ダチ》思いの人間だから、そっちの肝臓を労《いた》わってるんだ。それによ、他人の酒や女は旨えんだよな」

「相変わらずだね、百さんは」

見城は呆れ顔で言い、煙草に火を点けた。

百面鬼が喉の奥で笑い、バーボン・ロックを呷《あお》った。まるでジュースでも飲むような感じだった。

ロックグラスをカウンターに戻すと、悪党刑事は茶色の葉煙草《シガリロ》をくわえた。

ライターは銀無垢《ぎんむく》のダンヒルだった。太い左手首には、オーデマ・ピゲを嵌めている。

どちらも歌舞伎町の暴力団の大幹部からせしめた超高級腕時計だ。

「見城ちゃん、坂巻って先輩からどんな調査依頼をされたんでえ？」

「たいした調査じゃないんだが、義理で断れなかったんだ」

「見城ちゃん、独り占めはよくねえな。こっそり丸々と太った獲物を咬《か》む気なんだろ？」

「そんなことするわけないじゃないか」

「ほんとかよ。そっちは、けっこう役者だからな。誰か咬めそうな奴がいたら、必ずおれに声をかけてくれや」

「もちろん、そうするよ。まとまった銭が必要になったわけ？」

見城は訊いた。

「まあな」

「つき合ってるフラワーデザイナーに何かねだられたんだ？」

「久乃《ひさの》は、そんな女じゃねえよ。昨夜《ゆうべ》、ナニしたときにさ、最高に締めつけてくれたんだ。で、つい『もう一つフラワーデザイン教室を作れよ』なんて言っちまったわけよ」

「百《どう》さん、もう少し品のある言い方できない？」

「いいじゃねえか。気取った言い方したって、ナニはナニだろうが！」

「それにしても、教養を疑われるよ」

「おれ、教養ねえもん。大学だって、裏口入学だったしな。それより、見城ちゃん、早く獲物を見っけてくれや。おれ、早く久乃が喜ぶ顔を見てえんだ」

「百さんは、どうしてそんなに女に甘いのかね」

「男だったら、惚れた女に何かしてやりてえじゃねえか」

「それだけなのかな」

「どういう意味なんでえ？」

百面鬼がサングラスのフレームを押し上げ、問い返してきた。

「日頃、変態プレイにつき合ってもらってるんで、その詫びも含まれてるんじゃないの？」

「おれはノーマルだぜ。ちょっと感性が芸術家に近《ちけ》えけどな。それに、久乃はちっとも厭《いや》がっちゃいねえんだ」

「それじゃ、変態カップルなんだな」

見城は茶化して、長くなった煙草の灰を落とした。

百面鬼には、妙な性癖があった。セックスパートナーの素肌に喪服を着せないと、性的に昂まらないという。しかも後背位でなければ、決して射精しないらしい。

百面鬼には、離婚歴がある。新妻にアブノーマルな行為を強いて、わずか数カ月で実家に逃げ帰られてしまったのだ。もう十数年も前の話である。

それ以来、百面鬼は生家で年老いた父母と暮らしている。もっとも外泊することが多く、親許にはめったに帰らない。まともな結婚生活を送っている五つ違いの弟は、東京地方裁判所の判事である。

「情事代行のバイト、まだやってんのか？」

「ああ、趣味と実益を兼ねてね」

「好きだな、見城ちゃんも」

「百《どう》さんほどじゃないがね」

「いつものパターンか。おれたち、ちっとも進歩してねえな」

百面鬼がボトルを持ち上げ、グラスの縁近《ふちちか》くまでバーボンを注ぎ足した。

見城は肩を竦《すく》めて、ニーナ・シモンのピアノの弾き語りに耳を傾けた。情《じょう》のない男にのめり込んでしまった女が不運を嘆く歌だったが、どこか突き抜けた明るさがあった。

ちょうど煙草の火を揉み消したとき、松丸勇介《まつまるゆうすけ》がふらりと店に入ってきた。

厚手のTシャツに綿ネルの長袖シャツを重ね着し、その上にフード付きのパーカを羽織っている。下は起毛《きもう》のチノクロスパンツだった。見城たち二人の共通の飲み友達である。

松丸はフリーの盗聴防止コンサルタントだ。要するに、盗聴器探知のプロである。

三十一歳だ。細身で、見城よりも背が低い。

私立の電機大を中退した松丸は電圧テスターや広域電波受信機《マルチバンド・レシーバー》を使って、仕掛けられた各種の盗聴器をほんの数分で見つけ出す。

ニュービジネスだが、かなり繁盛しているようだ。それだけ、職場や家庭に盗聴器が氾濫《はんらん》しているのだろう。怕《こわ》い時代だ。

見城はこれまで幾度となく、松丸の手を借りてきた。

といっても、盗聴器探しを頼んだことはない。いつも逆パターンで盗聴器を仕掛けてもらっている。そうした意味では、助手のような存在だった。

「悪党《ワル》が揃って、なんの相談してんす？」

松丸がカウンターに歩み寄ってくる。すぐに百面鬼が問いかけた。

「松、セックスフレンドができたか？」

「そんな女、いないっすよ」

「やっぱり、おめえはゲイなんだな」

「いいかげんにしてくださいよ。おれ、男よりも女のほうが好きっすよ」

「なのに、セフレをつくろうとしねえ。やっぱり、松はゲイだな」

「百さんのからかいも進歩がないっすね」

松丸が小ばかにした口調で言って、見城の右隣のスツールに腰を落とした。

見城は、目で笑いかけた。

松丸は同性愛者ではないが、あまり生身《なまみ》の女には興味を示さない。彼は裏ビデオの熱心なコレクターだった。

露骨な性交シーンをうんざりするほど観たからか、女体にある種の嫌悪感を抱いていた。女性観が少しばかり歪んでいるが、ごく平均的な青年だ。おたく族特有の暗さはない。

「松、なんでおれの横に坐らねえんだよっ」

百面鬼が不満《どう》そうに言った。

「うっかり百さんの横に坐ったら、おれのオールドパー、またラッパ飲みされるもん」

「けち臭いこと言うんじゃねえよ。てめえで他人《ひと》んちに盗聴器を仕掛けといて、後で銭取って外してるマッチ・ポンプ野郎が偉そうなこと言いやがって」

「百さん、人間きの悪いこと言わないでよ。おれ、一度だって、そんなことしてないでしょっ」

松丸が真顔で抗議した。バーテンダーが酒棚から松丸のスコッチ・ウイスキーを摑み、カウンターに置いた。

すると、百面鬼がスツールから腰を浮かせて、ボトルを引ったくる真似《まね》をした。松丸が慌てて自分のキープしたボトルを両腕で抱え込む。

「チンケな野郎だ。おめえのボトルなんか奪《と》りゃしねえよ。けど、何日か前に、おれ、そのボトルに唾《つば》入れといたけどな」

「ほんとに⁉」

「冗談だよ」

百面鬼が厚い肩を揺すりながら、さもおかしそうに笑った。松丸も照れ臭そうな笑みを浮かべた。

また、いつもの夜がはじまった。見城は口許を緩め、飲みさしのグラスを空けた。

3

車のエンジンを切る。

借りている『渋谷レジデンス』の地下駐車場だ。すでに日付が変わって、午前一時を回っていた。見城は飲酒運転の常習犯だった。いつものようにマイカーで帰宅したのである。

見城は車を降りた。

ドルフィンカラーのＢＭＷだ。右ハンドルのドイツ車である。５シリーズだった。三年前、それまで乗っていたローバーを廃車にしたのだ。

見城はエレベーター乗り場に向かった。

かなり飲んでいたが、足は取られていない。意識もはっきりしている。百面鬼ほどではないが、酒には強いほうだった。

見城はエレベーターで八階まで上がった。八〇五号室が自分の部屋だった。

室内には電灯が点いていた。どうやら恋人の帆足里沙《ほあしりさ》が仕事の帰りに立ち寄ったらしい。里沙には、だいぶ前に部屋のスペアキーを預けてあった。

見城はなんとなく気持ちが温かくなった。

やはり、自分で部屋の照明を灯すのは侘しい。思わず鼻歌が出た。

二十八歳の里沙はパーティー・コンパニオンだ。

元テレビタレントだけあって、その容姿は人目を惹《ひ》く。一緒に街を歩いていると、きまって擦れ違った男たちが振り返る。そのつど、見城は何やら誇らしい気持ちになった。

実際、里沙の美しさは際立っていた。

レモン形の顔は完璧なまでに整っている。奥二重の目は少しきつい印象を与えるが、ぞくりとするほど色っぽい。眉の形も悪くなかった。

細い鼻は、ほどよい高さだった。やや肉厚な唇は男の何かをそそる。何度でもキスしたくなるような唇だ。

プロポーションも申し分ない。身長百六十四センチだが、痩《や》せぎすではなかった。砲弾型の乳房と腰は豊かに張っている。ウエストのくびれは深い。蜜蜂を連想させるような体型だ。

二人が親密な間柄になって、はや四年数カ月が過ぎ去った。

知り合ったのは南青山にあるピアノバーだった。ひとりでグラスを傾けていた里沙は次々に酔った男たちに言い寄られて、明らかに困惑していた。

見城は見かねて、とっさに彼女の恋人になりすました。男たちはきまり悪げな表情で、相前後して姿を消した。そのことが縁で、二人は愛を紡《つむ》ぐようになったのだ。

里沙は週に一、二度、見城のマンションに泊まる。見城も気が向くと、参宮橋《さんぐうばし》にある里沙の自宅に泊まりにいく。

見城は里沙に惚れていた。

美貌だけに魅せられたわけではない。人柄も好もしく思っている。里沙は心優しく、他者の憂《うれ》いや悲しみに敏感だった。

それでいて、スタンドプレイめいたことは一切やらない。ごく自然に、さりげなく思い遣りを示す。

頭の回転も速い。

それでいながら、いたって謙虚だ。間違っても、決して利口ぶったりはしない。

見城は、里沙をかけがえのない女性と思っている。しかし、彼女と結婚する気はなかった。強請屋稼業をしていたら、いつ自分の身に何が起こるかわからない。一時の情熱で里沙と所帯を持ったら、若い未亡人にさせてしまうことになるかもしれない。そんな辛い思いはさせたくなかった。

また、自分の女好きを改める自信もない。里沙の熱い想いは痛いほど伝わってきたが、安易に結婚には踏み切れなかった。それが自分なりの誠意だった。

ドアはロックされていた。

里沙は仕事で疲れ、先に寝《やす》んでいるのだろうか。見城は焦茶《こげちゃ》のスエードジャケットのポケットから、部屋の鍵《キー》を取り出した。

そのとき、玄関のドアが開けられた。茶系のスーツに身を包んだ里沙は、今夜も息を呑むほど美しかった。

「お帰りなさい」

「だいぶ前に来たのか？」

「ううん、ちょっと前にお邪魔したの。新人のコンパニオンが厭な思いをさせられたんで、ちょっとスナックで励ましてたのよ」

「その新人、客のおっさんにヒップでも撫でられたのか？」

「ううん、そうじゃないの。客の男が万札で膨らんだ札入れをいきなり新入りの娘《こ》に握らせて、『好きなだけ札を抜いたら、ええわ。けど、後でわしの部屋に来るんやで』って、自分の泊まるホテル名と部屋番号を耳許《みみもと》で囁《ささや》いたんだって。彼女、コールガール扱いされたんで、とっても傷ついちゃったの。その娘《こ》の悔しさ、よくわかるわ」

　里沙が、しみじみと言った。

「そういう変なおっさんは、急所を蹴っ飛ばしてやりゃよかったんだよ」

「わたしたちがそんなことをしたら、コンパニオン派遣会社そのものが潰されちゃうわ」

「だからって、屈辱感に耐えることはないさ」

「ええ、そうなんだけどね。新人さんに言うべきことはちゃんと言うべきだとアドバイスしてあげたの」

「そうか。コンパニオンの時給はいいようだが、想像以上に辛いことがあるんだろうな」

「ええ、まあ」

「いつかも言ったが、自分でコンパニオン派遣会社を興《おこ》せよ。事業資金は、おれが都合つけてやる」

「事業をやる才覚なんてないわ。それより、見城さんの奥さんになりたいな」

「えっ」

見城は言葉に詰まった。

「あら、真《ま》に受けたの!?　いやだ、冗談よ。わたし、好きな男性《ひと》を困らせたりしないわ」

「里沙は、またいい女になったな。惚れ直したよ」

「無責任にそんなことを言ってると、婚姻届を貰ってくるわよ。いいの?」

「おれをあんまりいじめないでくれ」

「うふふ。早く入って」

里沙が見城の腕を引っ張った。見城は後ろ手に玄関のドアを閉めると、里沙を抱き寄せた。

香水の匂いが馨《かぐわ》しい。二人は唇をついばみ合ってから、深く舌を絡めた。濃厚なくちづけを交わすと、里沙が伏し目がちに言った。

「お風呂、いつでも入れるわよ」

「そいつはありがたい。一緒に入ろう」

「きょうは別々に入りましょうよ」

「なぜ？」

「だって、いつも悪ふざけをするんだもの」

「待ってる」

見城は一方的に言って、靴を脱いだ。ジャケットを脱ぎながら、浴室に向かう。

「なんだか子供みたい」

後ろで里沙が笑って、脱ぎ捨てた上着を拾う気配がした。

見城は脱衣室で手早く裸になり、浴室に入った。ざっと掛け湯をして、湯船に身を浸す。湯加減は、ちょうどよかった。

洗い場で全身にボディーソープ液を塗りたくっていると、裸の里沙が浴室に入ってきた。

「おれがボディー洗いをしてやろう」

見城は里沙を抱き寄せ、泡だらけの体を揺らめかせはじめた。里沙は少しくすぐったがったが、逃げなかった。

欲望が息吹《いぶ》いた。

里沙の乳首も尖《とが》っていた。二人は、ひとしきり戯《たわむ》れた。いつしか里沙は小さく喘《あえ》ぎはじめていた。

「ちょっとだけ挨拶しておきたいな」

見城は里沙の前にひざまずき、泡塗れの和毛《にこげ》を掻き上げた。と、里沙が大きく腰を引いた。

「どうした？」

「お風呂場の声は、よく響くでしょ？　だから、後でね」

「わかった。それじゃ、先に出てるよ」

見城はシャワーヘッドを摑み、二人の体の白い泡を洗い落とした。先に浴室を出て、黒いバスローブをまとう。

見城は冷蔵庫から缶ビールを取り出し、奥の寝室に入った。ナイトスタンドだけを灯し、ベッドに浅く腰かけて缶ビールを傾ける。

湯上がりのビールは、いつも格別にうまい。喉を鳴らしながら、一息に飲み干す。

ナイトテーブルの上には、常に煙草を置いてあった。見城は、ゆったりとロングピースを喫った。

バスローブを脱ぎ、素っ裸でベッドに潜り込む。七、八分待つと、胸高にクリーム色のバスタオルを巻きつけた里沙が寝室に入ってきた。

見城は羽毛蒲団を大きくはぐった。

里沙がベッドの際にたたずんだ。見城は里沙のバスタオルを引き剝がした。桜色に染まった裸身が眩《まばゆ》い。逆三角に繁った黒々とした恥毛がセクシーだ。

見城は体をずらし、里沙を引き寄せた。

里沙が身を横たえた。仰向けだった。火照《ほて》った体は、わずかに湿り気を帯びている。

見城は穏やかに胸を重ねた。

里沙の二つの隆起が弾んだ。ラバーボールのような感触だった。

二人は唇を重ねた。

見城は里沙のセミロングの髪をまさぐりはじめた。唇を強く吸いつけると、里沙が喉の奥でなまめかしく呻《うめ》いた。すぐに彼女は、温かな舌を忍ばせてきた。

二人は前戯に時間をかけ、やがて交わった。

里沙は三度目も高波に溺《おぼ》れた。悦《よろこ》びの声は際限なく発せられた。昇りつめた表情も美しかった。

「少し休んだほうがいいだろう」

見城は結合を解き、里沙の横に寝《ね》そべった。里沙がむっくりと身を起こし、見城の股の間にうずくまった。

見城は性器を含まれた。生温かい舌が心地よい。

里沙が情熱的に舌を舞わせはじめた。見城は吸われ、弾かれ、削がれた。蕩《とろ》けそうな快感が体の隅々まで拡がった。

見城は瞼《まぶた》を閉じた。

4

着物姿の仲居が案内に立った。

見城は仲居の後に従った。紀尾井《きおい》町の高級割烹《かっぽう》店だ。店の造りは一流料亭並だった。

約束の時間は午後八時だ。

まだ数分前だったが、すでに三友建設の坪内常務と坂巻は来ているという話だった。

長い一間《いっけん》廊下の奥にある部屋に導かれた。三十代後半の仲居が襖《ふすま》の前に正坐し、部屋の客に声をかけた。

「お連れさまがお見えになりました」

「入ってもらってください」

坂巻の声で応答があった。

仲居が部屋の襖を開け、目顔《めがお》で見城を促す。見城は仲居に一礼し、先に部屋に入った。

床の間付きの十畳の和室だった。下座《しもざ》に銀髪の紳士と坂巻が並んでいた。

「坪内です。わざわざお運びいただいて、恐縮です。どうぞあちらにお坐りください」

銀髪の男が名乗り、上座《かみざ》を手で示した。

見城も自己紹介して、黒漆塗りの座卓を回り込んだ。床の間には、侘助《わびすけ》が一輪だけ飾られていた。白い花弁が清楚だった。

見城は脇息《きょうそく》を除《の》けて、上座に着いた。

坪内が膝立ちになって、名刺を差し出した。見城も同じ姿勢をとり、名刺を交換した。

「ビールと八寸《はっすん》を先に運んでもらったら、三十分ほど大事な話があるんで、お造りなんかは後で……」

坂巻が仲居に指示した。仲居がうなずき、いったん下がった。

「こんなくだけた恰好で申し訳ありません」

見城は坪内に言って、煙草をくわえた。黒の薄手のタートルネック・セーターの上に、焦茶のレザージャケットを羽織っていた。下は淡いベージュのスラックスだった。

「お気になさらずに」

「お話はきのう、坂巻先輩からうかがいました。厄介《やっかい》なことになりましたね」

「いい年齢《とし》して、みっともない話です。スーザンと名乗った彼女は、性悪女には見えなかったんですがね。いや、それにしても不覚でした」

「誘われたホテルは？」

「赤坂のエクセレントホテルでした。例のビデオが届いてから、慌ててホテルに頼み込んでスーザン・ロジャックスの住所を教えてもらったんですが、その連絡先に該当者は住んでいませんでした」

「ほかにスーザンを捜し出す手がかりは？」

「坂巻君に頼んで都内の画廊や古美術店に当たってもらったんですが、スーザンを知る者はひとりもいませんでした」

坪内がうなだれた。縁なし眼鏡は新しかった。

会話が途切れたとき、ビールと八寸が届けられた。仲居は三人のビアグラスを満たすと、心得顔で席を外した。

「先輩の話ですと、坪内さんだけではなく、丸林組、五井開発、トミタ住建の役員の方も同じ手口の罠に嵌められたそうですね？」

「ええ、そうなんですよ。敵の狙いは、おそらく『睦友会』潰しなんでしょう」

「もう一つ確認しておきたいのですが、大手六社のうち蜂谷組と東日本林業には謎の脅迫者は接触してないんですね？」

見城は問いかけ、ビールを口に運んだ。

「ええ、その通りです」

「中部国際空港の主体工事は当然、大手六社で落札できるよう根回しをしてたんでしょ？」

「そうですね。詳しいことはお話しできませんが、六社がそれぞれ関係の深い筋に働きかけていました」

「六社の受注配分に何か問題は？」

「特に問題はなかったと思いますが、今回は蜂谷組さんと東日本林業さんの受注予定額が他の四社より少し低いことは確かです」

「その点が少し気になりますね」

「しかし、その点で二社が他の四社を恨むということはないでしょう。と申しますのは、過去の受注額を考慮しながら、基本的にはずっと公平な割り振り方をしてきましたのでね」

　坪内が言った。坂巻が目で常務に断ってから、口を挟んだ。

「いま常務がおっしゃったように、『睦友会』の六社はバランスを保ちながら、何十年も仲良くやってきたんだよ。だから、蜂谷組と東日本林業の二社が他の四社を敵に回すとは考えられないね」

「先輩、それはちょっと考え方が楽観的なんじゃないですか」

「楽観的？　どこがかな」

「ここ数年で、準大手クラスや中堅のゼネコンが何社も倒産してます」

「そうだね」

「この先も急に景気が上向くとは考えられません。公共事業も縮小傾向が強まってますんでね。大手ゼネコンといえども、お台所はだいぶ苦しいはずです」

「うん、まあ」

「熾烈《しれつ》なサバイバルゲームで勝ち抜こうとしたら、きれいごとは言ってられなくなるんじゃないですか」

「それは、そうなんだが」

「ライバル社を捩伏《ねじふ》せてでも生き残りたいと考える会社が出てきても、ちっとも不思議じゃありません」

「見城、おまえは蜂谷組か東日本林業のどちらかが六社の結束を崩して、おいしい思いをしたいと……」

「そうは言ってませんが、まずその二社を疑ってみるべきでしょうね」

「あのう、よろしいでしょうか」

坪内が話に割り込んできた。見城は坪内に顔を向けた。

「なんでしょう？」

「見城さんがおっしゃられたように、ゼネコン業界全体が低迷していることは事実です。それでも『睦友会』加盟の六社は、どこもまだ多少の体力があります。仮に六社のうちのどこかが仕事欲しさに掟《おきて》破りをしたら、凄まじいしっぺ返しを受けることになります」

「でしょうね」

「ご存じかもしれませんが、われわれの業界の体質は古いんですよ。義理を忘れたり、筋を通さなかったりしたら、それこそ永久に業界から閉め出されるでしょう」

「大勢の社員を抱えてる大手ゼネコンが、そんな無謀な賭けはやらないとおっしゃりたいんですね？」

「ええ、まあ。別段、根拠があるわけではありませんが、もしかしたら、準大手ゼネコン三社のどこかが……」

「その三社というのは？」

見城は上着の内ポケットから、手帳を取り出した。

「誠和建設、共進土木、太陽住建の三社です。いずれも、本社は都内にあります。必要でしたら、後《あと》で三社の正確な所在地をお教えしましょう」

「それはこちらで調べますよ。大手の海洋土木業者も、新空港建設には関心を持ってるそうですね？」

「ええ。太平洋ビルト、東商鉄工、ウェーブ総設の三社がだいぶ前から熱心に根回しをしているようです」

「愛知県下の中堅ゼネコンの動きは？」

「地元業者では、矢杉建設と東海建土が利権を狙っているという情報が入ってます。どちらも、名古屋市内に本社を構えています」

「大小入り乱れての混戦か。さらにアメリカの巨大ゼネコンや航空関連企業が参入を狙ってるわけでしょう？」

「はい、そうです。アメリカの巨大ゼネコンのグローバル・プラントとJ&Wが空港島とターミナルビルの建設を手がけたがっています。それから、航空関連会社のマコーミック・コーポレーションが滑走路と管制塔ビルの工事受注を……」

坪内が澱《よど》みなく喋り、ビールを一息に飲み干した。すかさず坂巻が常務に酌をする。

見城は手帳に必要なことを書き留め、箸を取った。芝海老の湯葉《ゆば》包み揚げを口の中に放り込み、ビールを傾ける。

「ま、飲んでくれ」

坂巻がそう言いながら、見城のグラスにビールを注ぎ足した。

坪内は百合根の煮物に箸をつけかけたが、思い留《とど》まってビアグラスを持ち上げた。

「問題のビデオテープはどうされました？　差し支えなければ、観せていただきたいんです」

「あのビデオは受け取った日に、こっそり焼却してしまいました。どうせダビングしたテープでしょうが、忌々しい気持ちでしたので」

「そうですか。できれば、スーザンの顔を確認しておきたかったんですが……」

「すみません。あの女の顔は、はっきりと憶えてます。瞳は澄んだスティールブルーで、いくらか頬の肉が薄かったですね。鼻は高く、唇はぼってりとしてました」

「顔に黒子《ほくろ》は？」

「大きな黒子はありませんでしたが、鼻の両側に雀斑《そばかす》がうっすらと散ってました」

「髪は金髪だったんですね？」

「ええ、そうです。蜂蜜色というんでしょうか」

「下のヘアはどうでした？」

見城は訊いた。

「はあ？」

「アメリカの若い女たちは、よくブロンドに染めてるようですからね」

「頭髪とほとんど同じ色でしたよ」

坪内が卓上の一点を見つめながら、聞き取りにくい声で答えた。

「眉や睫毛も同じ色でした？　上と下のヘアを染めてる場合もあるようなんで、念のためにうかがっておきたいんですよ」

「どこも同じ色でした」

「なら、天然のブロンドなんでしょう。しかし、それだけの手がかりしかないとなると、すぐにスーザンを見つけ出すのは難しそうですね」

「そこを何とか……」

「もちろん、力は尽くします。ところで、脅迫電話をかけてきた男のことですが、声が不明瞭だったとか？」

「ええ、そうなんですよ。ボイス・チェンジャーを使ってたんでしょう。あるいは、口にスポンジか何かを含んでたのかもしれませんね」

「年齢の見当はつきませんか？」

見城は問いかけた。

「そう若くはないと思います。三十代か、四十代ではないかな」

「その男は三友建設が『睦友会』から脱けることを要求しただけだったんですね？」

「ええ、そうです」

「それで、期限を切られたんでしょうか？」

「いえ、すぐに脱会しろという言い方をしただけです。丸林組、五井開発、トミタ住建の三社にも同じ言い方をしたそうです」

「その三社の役員の方たちに罠を仕掛けたのは、スーザンらしいという話でしたが……」

「わたしと同じ目に遭《あ》った三人に会って話を聞いてみたんですが、いずれもスーザンの色仕掛けに引っかかったようなんです」

「そうですか。それで、今回の件は会社のトップや役員の方たち全員がご存じなんですか？」

「いいえ、知りません。わたしには致命的なスキャンダルですので、トップはもちろん、ほかの役員たちにもまったく話してないんですよ。なんとか自分で火を消し止めようと、坂巻君だけにこっそり……」

「それじゃ、まだ『睦友会』には脱会届は出されてないわけですね？」

「ええ。常務のわたしが独断で脱会するなんてことはできません。ほかの三社も『睦友会』を脱けることはないでしょう」

「それで、事が済みますかね。おそらく謎の脅迫者は四社が『睦友会』から脱ける気配を見せなかったら、それぞれの会社のトップを揺さぶる気なんでしょう」

「ええっ。そんなことをされたら、身の破滅です。見城さん、なんとか脅迫者の正体を突き止めて、問題のビデオのマスターテープを手に入れてください。成功報酬は一千万、いや、二千万円出してもかまいません。ですので、なんとか秘密裡《ひみつり》に片をつけていただきたいんですよ。この通りです」

坪内が分厚い座蒲団を外し、畳に額をこすりつけた。坂巻も常務に倣《なら》って、深く頭を垂れた。

「お二人とも頭を上げてください。少し時間がかかるかもしれませんが、必ず脅迫者は突きとめます」

見城は大見得を切って、ロングピースに火を点けた。下座の二人が胸を撫で下ろし、それぞれの席に着いた。

「別に坪内さんの弱みにつけ込むわけじゃありませんが、成功報酬は一千万円ということにしていただけますか?」

「ええ、結構です。きょうは、とりあえず着手金の百万円を用意いたしました」

坪内が横に置いた黒革のビジネス鞄《かばん》から、都市銀行名の入った白い封筒を取り出した。

「領収証は後日でかまいませんか?」

「いいえ、必要ありません。この百万は、わたしの個人的なお金ですので。どうぞお収めください」

「それでは、遠慮なくいただきます」

見城は札束の入った封筒を受け取り、無造作に上着の内ポケットに突っ込んだ。

それから間もなく、タイミングよく懐石料理と酒が運ばれてきた。

三人は世間話をしながら、コース料理を平らげた。刺身は驚くほどの味ではなかったが、甘鯛の蒸し焼きと焼き松茸《まつたけ》は美味だった。

「この後《あと》、銀座のクラブでもどう?」

坂巻がおもねる口調で言った。坪内も熱心に誘ったが、見城は先に腰を上げた。

ＢＭＷは割烹料理店から少し離れた裏通りに駐めてあった。夜風に吹かれながら、そこまでゆっくりと歩く。晩秋はなんとなく風情があって、嫌いではなかった。

見城はＢＭＷに乗り込むと、すぐに携帯電話を手にした。松丸に電話をかける。ツーコールで、通話可能状態になった。

「はい、松丸です」

「松ちゃん、おれだよ。また、ちょっと手を貸してくれないか。明日の予定は？」

「仕事が二件入ってますけど、なんとか都合つけますよ。何をやればいいんす？」

「大手ゼネコン二社、大手海洋土木会社三社、準大手ゼネコン三社の計八社の本社ビルの電話回線に例の物を取り付けてほしいんだ」

「いいっすよ」

「八つの社名と本社ビルの所在地は調べて、松ちゃんの自宅マンションに明日の午前中にファクス送信するよ」

「わかりました。また、何か面白いことがおっぱじまるんすね？」

松丸が声を弾ませた。

「うん、まあ。松ちゃん、いま頼んだこと、百《どう》さんにはまだ内緒だぜ」

「了解！　あの極悪刑事は要領いいっすからね。少し気をつけないと、おいしいとこ取りされちゃうっすよ」

「そうだな。しかし、それでも憎めないんだよなあ」

「あれで、百さんは割に俠気《おとこぎ》があるっすからね。うざい面もあるけど、おれ、嫌いじゃないすよ」

「おれも同じだよ。それじゃ、頼んだぜ」

見城は先に電話を切った。ほとんど同時に、着信音がした。

「姿子《しなこ》です」

色っぽい声が甘く耳をくすぐった。情事代行の上客だ。姿子は離婚歴のある国際線キャビンアテンダントだった。二十七歳だが、二つ三つ若く見える。

「きょうはオフらしいね」

「ええ、きのうロンドンから戻ったの。きょうは一日中寝てたのよ」

「疲れがとれたら、ちょっと汗をかきたくなった？」

見城は先回りして言った。

「察しがいいんで、助かるわ。今夜、何か予定が入ってるの？」

「いや、特に予定はないよ」

「よかった！　それじゃ、わたしのマンションに来てもらえる？」

　姿子が鼻にかかった声を出した。

　見城は一瞬、迷った。今朝の明け方まで、里沙と二度も濃厚に愛し合った。いささか疲労が溜まっていた。

　できることなら、日延べしてもらいたかった。しかし、プロの情事代行人としての意地もある。ここでわがままを言ったら、プロの名が泣く。

「気乗りしないみたいね？」

「そうじゃないんだ。きみのよく撓《しな》る体を思い描きながら、今夜はどんなテクニックを使うかなんて考えてたんだよ」

「女殺しねえ。そんなことを言われたら、おかしな気分になっちゃうじゃないの。ね、いま、どこ？」

「紀尾井町だよ」

「それなら、三、四十分で来てもらえるでしょ？　待たせちゃ悪いから、先に体を洗っとくね。それじゃ、後で！」

　姿子のはしゃぎ声が途絶えた。

　見城はＢＭＷを発進させた。姿子のマンションは中目黒にあった。

表通りに出て、赤坂見附に向かう。青山通りに乗り入れてから、見城はカーラジオの電源を入れた。選局ボタンを幾度か押すと、ニュースを流している局があった。列車とトレーラーの衝突事故が報じられていた。

そのニュースが終わると、男性アナウンサーが間《ま》を取った。

「次のニュースです。きょうの午後四時ごろ、横浜市磯子《いそご》区の宅地造成地で男性の死体が発見されました。この男性は所持していた運転免許証から、多摩市鶴牧《つるまき》のフリージャーナリスト榊原充さん、四十二歳とわかりました」

また、アナウンサーが言葉を切った。見城は驚きながら、音量を高めた。

「警察の調べで、榊原さんは別の場所で絞殺された後、磯子の現場に遺棄《いき》されたことがわかりました。そのほか詳しいことはわかっていません」

アナウンサーが間を置き、今度は暴走族同士の抗争事件を伝えはじめた。

見城はラジオの電源スイッチを切った。榊原とは三、四度会った程度の仲だったが、ショックは大きかった。

新聞記者の唐津は当然、元同僚の無残な死を知っているだろう。榊原には何かと目をかけていた。それだけに、唐津の驚きと悲しみは大きいにちがいない。

榊原充は三重県で何を取材していたのか。まんざら知らないわけではないから、通夜か告別式には顔を出そう。
見城はステアリングを握りながら、胸底《きょうてい》で呟《つぶや》いた。
脳裏に、榊原の顔が蘇《よみがえ》った。屈託のない笑顔だった。

第二章　空港島の利権

1

読経《どきょう》の声が洩れてきた。

見城は受付に香典袋を置き、分譲団地の集会所に足を踏み入れた。集会所のホールでは、榊原充の通夜《つや》が執り行われていた。八時過ぎだ。司法解剖された遺体が集会所に搬送されたのは、前日の夕方だという話だった。

ホールには祭壇が設けられ、柩《ひつぎ》は奥に安置されていた。

大きな遺影の前には、三十五、六歳の女性と十歳ぐらいの少女が並んで腰かけている。

二人とも、うなだれていた。

未亡人と遺児だろう。二人の後列には、故人の親族らしい男女が十数人いた。誰もが下を向いている。女性の多くは目頭にハンカチを当てていた。

僧侶は三人だった。弔問客たちは折り畳み式のパイプ椅子に腰かけ、声明《しょうみょう》に聴き入っている。通夜の列席者は五十人前後だった。

見城は最後列の端に坐《すわ》った。

目で唐津の姿を探す。唐津は前の方の中ほどにいた。うなだれた肩がかすかに震えている。嗚咽《おえつ》を嚙み殺しているのだろう。

読経の声が高くなると、あちこちから啜り泣きが響いてきた。

見城は視線を延ばした。未亡人と遺児らしい二人は、床の一点を見つめていた。よほど衝撃が大きかったのだろう。泣きじゃくる姿を見るよりも、むしろ痛々しかった。

香炉《こうろ》が順ぐりに回されはじめた。

見城は最後に焼香した。それから間もなく、読経が熄《や》んだ。三人の僧侶は弔問客たちに目礼し、奥の和室に消えた。

葬儀社の男に促され、未亡人が挨拶に立った。憔悴《しょうすい》の色が濃い。

未亡人は型通りの挨拶をすると、その場に頽《くずお》れてしまった。めまいに襲われたのだろう。

「お母さん、しっかりして！」

娘が母親に駆け寄った。周りにいた人々が未亡人を抱え起こし、控えの部屋に連れていった。

進行役の中年男性が別室に供養の料理と酒が用意されていることを告げた。通夜の弔問客たちは立ち上がり、三々五々、別室に移っていった。

唐津は席に着いたまま、新聞社の同僚らしい男たちと何か低く話していた。

見城は唐津がひとりになるのを待つことにした。しかし、なかなか周囲の人間は散らない。見城はホールを出て、喫煙室に足を向けた。

一服して、ホールに戻る。唐津は遺影の前にたたずんでいた。あたりに人の姿はなかった。

見城は唐津のいる場所まで歩いた。気配で、唐津が振り返った。目が赤かった。

「ニュースで榊原さんのことを知ったんです」

「そうか。来てくれて、ありがとう。遺族に代わって、礼を言うよ」

「なにを言ってるんですか。榊原さんとは何度か一緒に酒を飲んでるんです。おれが焼香させてもらうのは、当然のことですよ」

「おれは、榊原に返せない借りをつくってしまった。それが辛くてな」

「返せない借りって、どういうことなんです？」

見城は訊いた。

「奥さんから榊原の行方がわからないって相談されたとき、おれは自分の仕事なんかほうり出して、すぐに三重県に行くべきだったんだ。そうしてれば、あいつを死なせずに済んだかもしれない」

「唐津さんが別に責任を感じることはないと思うな。冷たい言い方になりますが、榊原さんは運が悪かったんですよ」

「いや、おれが悪いんだ。すぐに津《つ》市のホテルに急行してれば、何か手がかりを摑めたかもしれないんだ。それなのに、おれは自分の取材が大幅に遅れてるんで、おたくに榊原の行方を追ってくれないかなんて言って……」

唐津の顔が歪んだ。どんぐり眼《まなこ》は、涙で大きく盛り上がっていた。

見城は目を逸らした。年下の人間に泣き顔を見られたくないだろう。

「榊原が社にいたころ、おれはいつも先輩風を吹かせて、偉そうに記者魂がどうとか言ってたんだ」

唐津が手の甲で涙を拭って、一気に喋った。

「彼は唐津さんを目標にしてるんだと言ってましたよ、いつか飲んだときにね。ちょうど唐津さんがトイレに立ったときだったかな」

「おれは駄目な男だ。目をかけてた奴を見殺しにしちゃったんだから」

「ショックはわかりますが、そんなふうに自分を責めるのはよくないですよ。唐津さんらしくないな」

「おれは、近い将来、一流のノンフィクション・ライターになれるはずだった榊原を救えなかった。ひとり娘の彩花《あやか》ちゃんは、まだ小四なんだよ。奥さんも病弱なんだよ。二人を路頭に迷わせるような目に遭わせてしまって……」

「坐って話しましょう」

見城は先に唐津をパイプ椅子に腰かけさせ、自分も横に坐った。

「あいつは、まだ四十二だったんだ。若すぎるよ、死ぬなんてさ。惜しいよ、惜しくてたまらない」

「そうですね。それはそうと、榊原さんは伊勢湾周辺で何を取材してたんでしょう?」

「おれもそのことが気になって、何人かの雑誌編集者に当たってみたんだよ。それで、あいつが半年ぐらい前から、名古屋市が藤前干潟に建設を計画してるごみ埋め立て処分場の取材をしてることがわかったんだ。榊原は環境保護団体のメンバーで、自然破壊を少しでも喰い止めようとしてたんだよ」

「その干潟の埋め立て計画のことは新聞報道で知ってますが、確か埋め立てた部分とほぼ同じ広さの人工干潟を造ることになってたはずです。それに、ごみ処分場の建設予定地は名古屋港西一区だったな。三重県の津市のホテルに泊まり込んで、何を調べてたんですかね」

「伊勢湾の海水汚染を調べてたんだろう。それで、埋め立て関係の土木業者にうっとうしがられて、取材妨害をされたのかもしれないな」

「しかし、榊原さんはそんな脅しに屈せずに、海水の汚染具合を調べつづけた。それで土木業者を刺激して、殺されることになったのか」

「おれは、そう推測してるんだ」

唐津が言った。

「そうなのかな。榊原さんは何か別の取材で動き回ってたんじゃないんだろうか」

「別の取材というと？」

「すぐに思い当たることはないんですが……」

「そうか。三重県、伊勢湾で取材対象になるものというと、何があるかな？　ちょっと思い浮かばない」

「愛知県も伊勢湾に面してます？」

「そうだな。愛知県なら、ニュース価値のあるものがある。一つは二〇〇五年に開催が決定した名古屋万博で、もう一つは同じ年に開業予定の中部国際空港の建設だ。確か空港予定海域では、埋め立てに備えたボーリング調査が進んでるはずだ。どっちも大きな金が動くから、利権を巡る不正やトラブルも発生しそうだな」

「そうですね」

見城は軽く相槌《あいづち》を打ったが、ふと榊原は中部国際空港に絡む不正を探っていたのではないかと思った。強請屋の勘だった。

そうだったとしたら、榊原が三重県の津市にいたことも納得できる。中部国際空港の開港を待ち望んでいるのは、愛知県人ばかりではない。三重県や岐阜県の関係者も同じ思いだろう。ことに三県の地元経済人は、新国際空港の誕生を一日千秋の思いで待ち望んでいるのではないか。

「見城君、榊原はきっと名古屋万博か中部国際空港建設のどちらかの取材をしてたんだよ」

「そうなのかもしれませんね。ところで、榊原さんの事件の詳報がきょうの朝刊にも夕刊にも載ってませんでしたが、当然、神奈川県警の捜一《そういち》は磯子署に帳場を立てたんでしょ?」

「ああ、きのうのうちに帳場は立った」

唐津が答えた。帳場が立つというのは警察関係者の隠語で、警視庁本部や各県警本部が殺人事件など凶悪犯罪の発生した所轄署に捜査本部を設置することを指す。

「それじゃ、地取り捜査で足踏み状態なんだろうな」

「そうなんだ。現場検証で死体が遺棄されたことははっきりしたんだが、誰も遺棄現場を目撃してないんだよ。せめて死体を運んだと思われる車を見た者がいればいいんだが、それもいないんだ」

「現場の造成地は、どんな場所なんです？」

「周囲は雑木林で、近くに民家はほんの数軒しかないんだよ」

「そういう所じゃ、目撃者《マルモク》はいなそうですね。解剖所見は？」

見城は問いかけた。

「死因は首を絞められたことによる窒息死で、死後丸一日近く経ってたらしい。それから、榊原の胸部、腹部、太腿に無数の打撲傷があったそうだ。そうそう、煙草の火を押しつけられた痕も幾つかあったという話だったよ」

「榊原さんは殺される前に、リンチされたんでしょう。顔に傷痕がないなら、明らかに犯罪のプロの仕業《しわざ》だな」

「ああ、それは間違いないと思うよ。あいつは、榊原は何か不正の証拠を摑んでたんだろう。それで、痛めつけられることになったにちがいない」

「そうなんでしょうね。しかし、彼は頑として口を割らなかった。そして、結局、命を奪われることに……」

「そう考えられるな。榊原は、まっすぐすぎるよ。妻子がいるっていうのに、命まで投げ出してしまって」

「榊原さんはジャーナリストとしての誇りを護り抜きたかったんだろうな」

「そんなのは子供っぽいヒロイズムだよ。死ぬほどの恐怖に負けたって、少しも恥じゃない。取材テープや証拠写真なんかさっさと手渡して、ひとまず逃げるべきだったんだ。それで、改めて敵とペンで闘うべきだったんだよ。たったの四十二で死ぬなんて、ばかさ。大ばかだよ」

唐津が腿の上で両の拳を震わせ、男泣きに泣きはじめた。

見城は無言で自分のハンカチを唐津の左腕に載せた。そのとき、大粒の涙がハンカチの上に落ちた。雫は、すぐに布地に染み込んだ。

見城は黙って立ち上がり、大股でホールを出た。

集会所の前の暗がりにたたずみ、ロングピースに火を点けた。故人の友人を装って通夜の客から何か情報を得るつもりだった。

殺された榊原が中部国際空港建設に関する取材をしていたとしたら、大手ゼネコン四社に脅しをかけた正体不明の男の手がかりを摑めるかもしれないと思ったのだ。

数十分待つと、四十歳前後の男が集会所から現われた。長髪で、どことなく自由業っぽい雰囲気だ。大新聞社の記者たちとは、少しタイプが異なる。フリーのジャーナリストかもしれない。

「失礼ですが、亡くなった榊原君とご同業の方でしょうか？」

見城は男に話しかけた。相手が立ち止まり、訝しげな目を向けてきた。

「警察の方ですか？」

「いいえ、違います。榊原君とは高校で同級だったんですよ。中村といいます」

見城は、ありふれた姓を騙《かた》った。

「そうでしたか。一瞬、刑事さんかなって思ったもんで……」

「フリーで何かお書きになってるんでしょ？」

「ええ、まあ」

「やっぱり、フリージャーナリストの方だったか。サラリーマンとは、ちょっと雰囲気が違うんで、すぐにわかりました」

「ぼくは社会派ライターの榊原充と違って、ただの雑文屋ですよ。時々、署名原稿も書いていますが、ふだんは有名人の対談をまとめたり、週刊誌のリライトなんかで喰いつないでるんです。フリージャーナリストなんて言われると、こっ恥《ぱ》ずかしくなるなあ」

「榊原君とは、かなり親しかったんでしょ？」

「つき合いは二年そこそこだったけど、年齢が近いせいか、割に波長が合ったんですよ。そんなことで、彼とはよく飲み歩きましたね」

男が懐かしそうに言った。

「そういう間柄なら、榊原君の取材活動のこともよくご存じだったんでしょ？」

「ええ、だいたいね」

「彼は三重県の津市のホテルに投宿中に行方がわからなくなったらしいが、誰かに拉致《らち》されたんじゃないのかな」

「おたく、本当は刑事さんなんじゃないの？」

「違いますよ。ただ、調査関係の仕事をしてますがね。それで、自分なりに事件の真相を探ってみる気になったわけですよ」

「調査関係の仕事っていうと、探偵社に勤めてるのかな」

「ええ、まあ。仕事では不倫調査ばかりやらされてるんですが、自分なりに少し事件のことを調べてみたいんですよ。高校時代、榊原君の答案をよく見せてもらったりしたんで、恩返しの真似事を……」

「そうだったのか。榊原君が三重に行ったのは、中部国際空港建設に絡む利権争奪戦の取材ですよ」

「やっぱり、そうでしたか」

見城は自分の勘が当たったことで、思わず顔を綻ばせた。

「四日市市に本社を置く中堅ゼネコンが工事欲しさに、中部経済界の大物や地元出身の族議員、それから空港会社の役員に接待攻勢をかけてるらしいんですよ」

「その会社の名は？」

「明光建工だったかな。その会社は、空港島の埋め立てに必要な建設土砂の搬入の利権を狙ってるそうです」

「新国際空港の建設は関連事業を含めると、実に総工費一兆五千億円らしいですね。水面下では、もうゼネコンの受注合戦がはじまってるんだろうな」

「榊原君の話によると、それは凄まじいものがあるそうです。大手、準大手、中小のゼネコンやマリコンが入り乱れ、ありとあらゆる手を使って中央や地元の政財界人や高級官吏に接触を試みてるらしい。接待される側は、懸命に逃げ回ってるようですよ」

「公共事業や官民の共同プロジェクトの工事入札に絡む汚職は、永久になくならないんだろうな」

「ええ、多分ね。名古屋地検特捜部は、中部地方の政治家や役人の大物たちをマーク中だそうですよ。特に特捜部の美人検事は張り切ってるとか言ってました。榊原君は明光建工と美人検事の動きを交互に探ってたようですよ」

「そうですか。まさか検事が人殺しはやらないでしょうから、榊原君は明光建工と関わりのある人間に始末されたのかもしれないな」

「ぼくもそんな気がしてるんですが、確証のあることじゃないんで、警察関係の人にはそのことは何も言わなかったんです」

男がそう言い、黒っぽい上着の襟を立てた。夜気《やき》が尖《とが》りはじめていた。

「ちょっと冷えてきましたね。引き留めてしまって、申し訳ありません。あと少しだけ、おつき合いください」

「ええ、かまいませんよ」

「榊原君は贈収賄の証拠を押さえたから、こんなことになったんだと思うんです。彼、あなたに密談音声とか写真のネガを預かってくれとは言いませんでした？」

「五日前に彼と電話で喋ったのが最後になったんですが、そういうことは何も言いませんでしたね。多分、その後、榊原君は何か決定的な証拠を摑んだんでしょう」

「そうなんでしょうか。話は飛びますが、美人検事の名前までは聞いてませんよね？」

見城は一応、訊いてみた。

「わかりますよ。草刈聡美《くさかりさとみ》です。そのへんの女優が裸足《はだし》で逃げ出したくなるような美貌だそうです。確か二十八歳で、まだ独身らしいんです」

「彼はそこまで調べ上げてたのか」

「榊原君好みの女検事なんでしょう。美人検事をマークするのもいいが、ストーカーと間違われないようにしろよって、彼に言ってやったんですよ。そうしたら、榊原君は美人検事の取り調べなら受けてみたいなんて冗談を言ってました。そのときの笑い声が、いまも耳の奥に残ってます」

男がそう言って、うつむいた。声は湿っていた。

見城は礼を述べ、榊原の仕事仲間を見送った。紫煙をくゆらせながら、集会所から出てくる弔い客を待つ。五、六人の男に声をかけてみたが、収穫らしい収穫は得られなかった。

これ以上粘っても、無駄だろう。見城は集会所に背を向け、公団マンションの外周路に出た。

ＢＭＷに乗り込み、携帯電話を手に取る。今朝《けさ》暗いうちに、松丸は八つの会社の本社ビルの電話ケーブルに超小型盗聴器を仕掛けてくれてあった。自動録音装置付きの受信機は、各社の植え込みの中に隠してきたらしい。

松丸の携帯電話を鳴らす。待つほどもなく、盗聴器ハンターが電話口に出た。

「松ちゃん、どこかで会えないか。きょうのバイト代を渡さなきゃならないからな」

「金なんか、いつだっていいっすよ。それより、いま少し前に蜂谷組と東日本林業の二社のテープを聴いたところなんす」

「そこまでやってくれたのか。それじゃ、バイト代に色をつけなきゃな」

「いいんすよ、そんなこと。外部からの電話は、すべて自動録音装置のテープに収録されてました」

「そうか。で、気になる電話は？」

「二社とも脅迫電話の類《たぐい》はありませんでした。それから、どっちも危《ヤバ》い筋に何かを頼んでる様子もなかったすね。もっとも張り込んで広域電波受信機《マルチバンド・レシーバー》を使ってたわけじゃないから、ゼネコンの役員たちの携帯電話はノーマークっすけどね」

「そうだな」

「ついでに、準大手ゼネコン三社と大手マリコン三社の録音音声も聴いてみますよ」

「いや、それはおれがやろう」

見城は言った。

「おれ、手伝いますよ。どうせ塒《ねぐら》に早く帰っても、特にやることもないっすから」

「そこまで松ちゃんに甘えるわけにはいかない。残りの六社は、おれがチェックしよう」

「いいんすか?」

「ああ、ご苦労さん! きょうの日当は、会ったときに必ず払うよ」

「わかりました。それじゃ、おれは引き揚げます」

松丸が電話を切った。見城は車を都心に向けた。

六社の本社ビルは、千代田区、港区、新宿区に二社ずつ散っている。

見城は中央高速道を使って、まず新宿に出た。区内には大手マリコンの太平洋ビルトと準大手ゼネコンの誠和建設がある。二社を回ったが、何も収穫は得られなかった。

次は港区内にある共進土木と太陽住建の録音音声を聴き、千代田区に車を走らせた。

大手マリコンの東商鉄工とウェーブ総設の自動録音装置を植え込みの中から回収してみた。四社とも、気にかかる動きはなかった。

最後の自動録音装置を元の場所に戻したのは、午前零時過ぎだった。

このまま待つだけでは、もどかしい。殺された榊原の行動をなぞれば、何かが見えてくるかもしれない。ひと眠りしたら、三重県まで車を飛ばそう。見城はそう決意し、帰途についた。

2

津市の目抜き通りに出た。

伊勢自動車道の津ＩＣ《インターチェンジ》を降りたのは六、七分前だった。午後二時を過ぎていた。

見城は少し速度を落として、視線を左右に泳がせはじめた。

榊原が失踪時まで宿泊していたビジネスホテルは、偕楽《かいらく》公園の並びにあるはずだ。

交差点を幾つか通過すると、偕楽公園に差しかかった。目的のビジネスホテルは公園の百メートルほど先にあった。間口《まぐち》は狭かったが、八階建てだった。

見城はＢＭＷをホテルの専用駐車場に入れた。

車を降りて、大きな伸びをする。名古屋を通過したころから、ずっと腰が強張《こわば》っていた。サービスエリアに一度寄っただけで、東京から走り詰めだった。

少し筋肉がほぐれた。ついでに、肩と首の筋肉もほぐした。幾分、楽になった。

見城は一階のフロントに急いだ。

フロントには、四十七、八歳の細身の男が立っていた。ほかに従業員の姿は見当たらなかった。

「お疲れさまでございます」

フロントマンがにこやかに言った。訛《なまり》のない標準語だった。

「すみません、客じゃないんです」

「そうでしたか」

「わたし、東京から来たフリーライターでして、こういう者です」

見城はもっともらしく言って、偽名刺を差し出した。常に数十種の偽名刺を持ち歩いていた。

フロントマンに渡した名刺には、山本晃太郎と印刷されている。住所や電話番号も、でたらめだった。

「それで、ご用件は？」

「このホテルに宿泊していた榊原充のことで取材させてもらいたいんですよ」

「そういうことでしたか」

フロントマンが顔を曇らせた。マスコミの取材で、さんざん迷惑を被ったのだろう。

「こちらにご迷惑をかけるようなことは絶対にしません。殺された榊原充は、わたしの兄弟子に当たるライターだったんですよ。支配人の方にお取り次ぎいただけませんでしょうか？」

「わたくしが支配人です。といいましても、小さなホテルですので、なんでもやらされておりますが」

「榊原がチェックインしたとき、あなたはフロントに？」

「フロントには、いつもわたくしが立っております」

「それなら、当然、榊原充のことは憶えてらっしゃいますでしょ？」

「はい、それは……」

「お手間は取らせません。ほんの十分か、十五分ほど話をうかがわせてもらうだけで結構なんです」

「わかりました」

「ありがとうございます」

見城は頭を下げた。

支配人がフロントを離れ、ロビーのソファセットを手で示した。二人は相前後して、ソファに腰かけた。

「榊原は、ここに二泊して、三日目の正午過ぎに出かけたまま戻らなかったんですね？」

見城は狐色《きつねいろ》のカシミヤジャケットの内ポケットから、メモ帳とボールペンを取り出した。

「ええ、そうです。五泊される予定だったのですが、部屋にトラベルバッグを置かれたまま、お客さまは……」

「投宿中の榊原と話をされました？」

「ええ、時々ね」

「彼は取材目的について、何か洩らしてました？」

「いいえ、そういうことはおっしゃらなかったですね。ですけど、おおよその見当はつきました。榊原さんは、四日市にあるゼネコンのことを調べているようでしたので」

支配人が言った。

「その会社って、明光建工なんでしょ？」

「ええ、そうです。四日市、いいえ、三重県下でも一、二を争うゼネコンですよ。全国的には中堅ゼネコンということになるんでしょうが」

「明光建工の本社は四日市市内にあるんですよね？」

「はい。本社ビルは近鉄四日市駅のすぐ近くにあります。社員数は五百人前後だと思いますが、大きな公共事業を幾つも手がけてきた会社です。確か名古屋港の藤前干潟の埋め立て工事も落札したはずですよ。当然、中部国際空港の仕事も狙っているんでしょう」

「明光建工は四日市にあるのに、榊原充はなぜ津市のホテルに滞在したんだろうか」

「多分、それは明光建工の社長の自宅が津市にあるからでしょう」

「なるほど、そういうことか。社長は、どんな方なんです？」

見城は問いかけた。

「地元では名士で通っていますが、アクの強い人物です」

「お知り合いなんですか？」

「社長の国生敏光《こくしょうとしみつ》は、わたくしの幼馴染《おさななじ》みです。彼は三つ年上ですので、ちょうど五十歳のはずです。典型的なガキ大将で、よくいじめられたものですよ」

「それは、お気の毒に」

「そんなことがあったせいか、個人的には苦手な相手ですね。彼の自宅は、三重大のすぐ裏手にあります。敷地二千坪の豪邸ですよ。もっとも土地は父親から相続したものですがね。彼の父親は、大きな海産物問屋をやってたんです」

「国生社長はお坊ちゃんだったのか」

「そうですね。姉さんと妹さんがいますが、男は彼ひとりでしたから、子供のときからわがまま放題に育って、相当な悪ガキでしたよ。年下の連中に他所《よそ》の家の柿を盗ませておいて、分け前もくれないんです。自分で食べきれない柿は地べたに叩きつけたりするんですよ」

「厭な性格だな」

「ええ、そうですね。しかし、世渡りは上手なんです。年上の人間や力を持つ者に対しては謙虚に振る舞って、かわいがられていましたからね。そんなふうだから、事業家として成功したのでしょう。個人的には、ああいう生き方は好きじゃありませんけどね」

支配人の言葉には、軽蔑の響きがあった。

「話を元に戻させてください。ここに泊まってる間、榊原に脅迫電話がかかってきたり、妙な男たちがうろついてたなんてことは？」

「そういうことはありませんでした」

「何かに怯えてる様子はなかったんですね？」

「はい。ただ、行方がわからなくなる前の晩、近くに密封容器を売っている店はないかと訊かれました」

「密封容器ですか」

「ええ。何か大事な物を保管したいんだとおっしゃっていました。しかし、もうスーパーも個人商店も閉まってる時刻でしたので、調理場にありましたプラスチックの密封容器を差し上げたんですよ」

支配人がそう言い、フロントの方をちらりと振り返った。人の気配を感じたのだろうか。しかし、誰もいなかった。

榊原は汚職の証拠になる録音音声か映像データを密封容器に入れ、ホテルの部屋のどこかに隠したのではないか。考えられる場所は、水洗トイレの貯水タンクか冷蔵庫だ。

「榊原が泊まってた部屋、きょうは塞《ふさ》がってますか？」

「いえ、空いてます」

「ちょっと部屋の中を見せていただけないでしょうか。ひょっとしたら、彼は部屋の中に録音音声か映像データを隠したかもしれないので。あっちこっち引っ掻き回したりしませんから、ご協力願えませんか」

見城は頼み込んだ。

支配人は協力を惜しまなかった。先に立ち上がり、フロントに部屋の鍵を取りに行った。見城も腰を上げ、エレベーターホールに足を向けた。

待つほどもなく支配人がやってきた。二人は六階に上がった。支配人が六〇七号室のドアを開けた。

「この部屋です。どうぞお入りください」

「それじゃ、失礼します」

見城は先に入室した。

シングルルームだった。八畳ほどのスペースで、ベッドとコンパクトなソファが置かれている。小型冷蔵庫は、ベッドのそばにあった。

見城は屈《かが》み込んで、冷蔵庫の奥まで覗いた。

缶入りのビールや各種のソフトドリンクが入っているだけだった。見城は立ち上がって、ユニットになっているバスルーム兼トイレに足を踏み入れた。

まず最初に貯水タンクの陶製の蓋《ふた》を取り除いた。

水の中にプラスチックの密封容器は沈んでいなかった。洗面台の下にも、それは入っていない。どうやら勘は外れたようだ。

「榊原さまのお荷物をご自宅に宅配便で送る際、室内の隅々までチェックしたんですよ。ですが、差し上げた密封容器はどこにもありませんでした」

支配人が言った。

「そうですか。余計な手間をかけてしまって、申し訳ありませんでした」

「いえ、お気になさらないでください」

「つかぬことをうかがいますが、こちらに名古屋地検の検事が訪ねてきたことは？」

「いいえ、ありません。ですが、国生敏光の自宅の前に時々、名古屋ナンバーの車が停まっているという噂話を耳にしたことはあります。誰かが冗談めかして、国生は名古屋地検の特捜部にマークされてるのではないかと言っていましたが、噂は事実なんでしょうか？」

「それは、まだわかりません。国生社長の自宅の前で張り込んでたのは、二十代後半の女性だったんじゃありませんか？」

「ええ、そうだそうですよ。息を呑むような美人が国生の邸《やしき》の中を覗き込んでたという話でしたね。その女性は、名古屋地検の検事さんなんですか？」

「そうなのかもしれません」

見城は曖昧《あいまい》な返事をしたが、その女が草刈聡美であると確信を深めていた。

「いずれ、国生は贈賄容疑で名古屋地検に検挙されることになるんですかね」

支配人の声は弾んでいた。昔の恨みがまだ消えていないようだ。

見城は返事をはぐらかし、改めて礼を言った。二人は六〇七号室を出て、エレベーターで一階のロビーに下った。

見城はホテルを出ると、すぐＢＭＷに乗り込んだ。ここまで来たついでに、国生の自宅を見ておく気になった。見城はＢＭＷを発進させた。

目抜き通りから脇道に入り、三重大学をめざす。

国生の自宅は造作なく見つかった。石塀に囲まれた豪邸だった。形よく刈り込まれた庭木の枝越しに、数奇屋《すきや》造りの門扉《もんぴ》は閉ざされていた。

門柱には防犯カメラが二台も設置されている。石塀の上には、槍先に似た鋭い忍び返しが連なっていた。

見城は国生邸を一巡し、車を伊勢街道に向けた。

三十分ほどＢＭＷを走らせると、四日市の市街地に入った。明光建工の本社ビルはモダンなデザインの建物だった。九階建てで、間口は割に広い。

見城は明光建工の前を素通りし、五、六十メートル先に車を停めた。

すぐに外に出る。かつて公害で騒がれたコンビナートの町の空気は、それほど濁っていなかった。市民運動が実を結んだのだろう。

見城は目的のビルの前まで引き返し、立ち止まって煙草をくわえた。ライターで火を点けながら、さりげなく明光建工の玄関ロビーを見る。

嵌め殺しのガラス越しに、内部が見通せた。正面の壁に、社屋の全景写真と五十年配の脂《あぶら》ぎった男のパネル写真が掲げてあった。社長の国生敏光だろう。

野暮ったいことをする。見城は嘲笑し、ふた口喫っただけのロングピースを足許に落とした。やや風が強い。

靴の底で煙草の火を消し、明光建工本社ビルの扉を押す。右手に受付があった。

目が合うと、二十一、二歳の受付嬢が笑顔で会釈した。

「中京新聞経済部の者なんだが、国生社長にお目にかかりたいんだ」

見城は、くだけた口調で話しかけた。

「お約束のお時間を教えていただけますでしょうか？」

「アポなしなんだ。インタビューは三十分もあれば充分だから、なんとか取り次いでもらえないかな」

「申し訳ありませんが、お約束のない場合は……」

「国生さん、社内にいるんだろう？」

「はい。ただいま、役員会議中です」

「それじゃ、社長室の前で待たせてもらおう」

「こ、困ります。お客さま、困るんですよ」

受付嬢が中腰になって、慌てて制止した。

「強引にここを突破したら、きみは社長にきつく叱られるのかな？」

「それだけでは済まないと思います」

「下手したら、解雇される？」

見城は問いかけた。

「ええ、おそらく」

「それは、ひどすぎるな」

「でも、うちの社長はワンマンですから」

受付嬢が恨めしげに呟き、パネル写真に目をやった。

「あの顔写真、まさか国生社長が自分で飾ったんじゃないよね？」

「いいえ、そのまさかです」

「ほんとに!?」

「社長は目立ちたがり屋なんです。車も特別塗装のゴールドカラーのメルセデス・ベンツですしね」

「そういえば、そうだったな」

見城は話を合わせながら、ほくそ笑みたい気持ちだった。

なんの苦労もなく、国生敏光に関する予備知識を得ることができた。これだけわかれば、張り込んで国生を尾行することができる。

「せっかくですが、きょうのところはお引き取りいただけないでしょうか?」

受付嬢がこわごわ言った。

「きみが解雇されたら、気の毒だ。出直すことにするよ」

「そうしていただけると、ありがたいですね」

「わかった」

見城は受付嬢に軽く手を振り、大股で表に出た。

そのとき、斜め前にガラス張りの喫茶店があるのに気づいた。張り込むには、もってこいの場所だ。

見城は横断歩道を渡り、その店に入った。

店内には、ビバルディの調べが控え目に流れていた。インテリアは、しっとりと落ち着いている。客席は半分も埋まっていなかった。

見城は道路側の席に着いた。会議中の国生社長がすぐに外出するとは思えない。見城はウェイトレスにコーヒーとミックスサンドイッチを注文して、シートに深く凭《もた》れかかった。

3

外は暗い。

あと数分で、午後六時になる。明光建工の本社ビルから、大勢の社員たちが姿を見せた。だが、社長の国生はいっこうに現われない。

見城は三杯目のコーヒーをブラックで啜った。なんとも居心地が悪い。客の顔ぶれはすっかり変わっていた。

三時間近くも粘っているのは、自分ひとりだけだった。

ウェイトレスは別段、迷惑そうではなかった。しかし、見城自身が気がひけて仕方がなかった。

何度も車に戻りかけた。だが、そのつど思い直した。

マークしたビルの近くに長いこと同じ車を駐めておくと、どうしても目立ってしまう。怪しまれたら、尾行しにくくなる。

コーヒー一杯で長い時間粘っているわけではない。ここは図太く構えよう。見城は自分に言い聞かせ、ロングピースに火を点けた。

細く立ち昇る紫色の煙を見ていると、榊原のことが頭を掠めた。とうに彼は骨になってしまったろう。

唐津は骨箱を見て、また男泣きに泣いたのではないか。榊原の妻と娘は、これからどう生きていくのだろうか。他人事ながら、ひどく気がかりだった。

短くなった煙草の火を消したとき、明光建工本社ビルの地下駐車場から黄金色のメルセデス・ベンツが滑り出てきた。ハンドルを握っているのは国生自身だった。

見城は伝票を抓み上げ、レジに走った。

大急ぎで支払いを済ませ、店を飛び出す。派手な色の車は、ＢＭＷを駐めた方向に曲がりかけていた。

見城は横断歩道を渡りきるまで、決して走らなかった。うっかり駆けだりしたら、国生の目に留まりかねない。ベンツは、すでにＢＭＷの横を走り抜けて、次の信号に差しかかろうとしていた。

見城は自分の車に走り寄り、慌ただしく発進させた。

好都合なことに、国生の車は赤信号に引っかかっていた。六台先に停止中だ。少々離れているが、目立つ車を見失うことはあるまい。

信号が変わった。

ベンツが発進した。見城はゴールドカラーの車を追尾しはじめた。

国生の車は国道四七七号線を走り、四日市ＩＣから東名阪自動車道に入った。ＩＣの少し手前で、ＢＭＷはベンツのすぐ後ろを走る形になった。

見城は一台の四輪駆動車を間に入れてから、ハイウェイに上がった。

国生の行き先はどこなのか。

四十数キロ走れば、名古屋だ。多分、名古屋までベンツを走らせる気なのだろう。

見城は慎重にベンツを追った。やはり、国生の車は名古屋西ＩＣで一般道路に降り、中村区を通り抜けた。

停まったのは、名古屋駅の近くにあるシティホテルの地下駐車場だった。

車を降りた国生は、急ぎ足でエレベーター乗り場に向かった。ダークグレイの背広姿だった。見城はＢＭＷを駐め、国生を追った。

エレベーターホールには、七、八人の男女がいた。

見城は国生と同じエレベーターに乗り込んだ。函《ケージ》の奥まで進み、国生の斜め後ろに立った。

国生が降りたのは三階だった。

その階には、大小の会場があった。見城は扉の閉まる直前に、エレベーターホールに降りた。国生は奥の広い宴会ホールまで歩み、受付の前に並んだ。

受付の前には、中高年の男たちが群れていた。

見城は受付の横の案内板を見た。地元の電力会社主催の祝賀パーティーだった。

その電力会社は、中部国際空港会社に出資していた。大手自動車メーカーとともに、中部経済界の中核ともいえる有力企業だ。

国生が会費を払い、パーティー会場に入っていった。

見城はロビーのソファに腰かけ、客たちの顔ぶれを確かめた。中部地方出身の現職大臣や県知事が、地元の経済人と思われる紳士たちとにこやかに握手している。

ゼネコンやマリコン関係者らしい客は一様《いちよう》に緊張した面持ちだ。新国際空港に関わっている政官財界人に悪い印象を持たれたら、工事の受注に響くからだろう。

見城は煙草をくわえた。

ちょうどそのとき、見覚えのある男がエレベーターホールの方から歩いてきた。三友建設の坪内常務だった。

見城は火の点いていないロングピースを掌《てのひら》の中に隠して、椅子から立ち上がった。坪内が見城に気づき、驚いた顔つきになった。

見城は目礼し、坪内に声をかけようとした。

すると、坪内が焦って首を横に振った。話しかけるなという意味だろう。

見城は人違いをしたように装って、ソファに腰を戻した。

坪内は受付で名札のリボンを受け取ると、そそくさと宴会場内に消えた。

関係者に自分の弱みを知られることを恐れたのだろう。サラリーマン重役たちは、小心者ばかりなのかもしれない。

見城は口の端をたわめ、ソファに坐った。

煙草に火を点けたとき、大宴会ホールの両開の扉が閉められた。パーティーがはじまるらしい。同じ場所に坐りつづけていたら、人々に不審がられる。

見城は一服し終えると、いったん一階ロビーに降りた。

ホテル内のショッピング街を覗いてから、三階に戻る。エレベーターホールの大きな観葉植物の陰に、二十七、八歳の美人が立っていた。渋い色合のパンツスーツ姿だ。

細面で、造作の一つひとつが整っている。理智的な顔立ちだが、取り澄ました感じではない。たおやかさと色気も漂わせていた。

見城は、さきほどとは別のソファに腰をかけた。

気になる美女は、テレフォンブースの陰に身を潜めた。明らかに、人目を避けている様子だ。もしかしたら、名古屋地検特捜部の女検事かもしれない。

見城は煙草を切らした振りをして、テレフォンブースの並びにある煙草の自動販売機に近づいた。

と、美しい女がくるりと背を向けた。その直後、彼女のショルダーバッグの中で携帯電話の着信音が響きはじめた。

見城はポケットの小銭を探りながら、耳に神経を集めた。

美女は素早くショルダーバッグから携帯電話を取り出し、右の耳に当てた。すぐさま小さな声で、『はい、草刈です』と応じた。その後の遣り取りは聴こえなかった。

やはり、女検事だ。

見城は振り返った。草刈聡美と思われる女は携帯電話を耳に当てながら、エレベーターのある方に向かっている。

見城は少し間を置いてから、エレベーター乗り場まで走った。

二階に女の姿はなかった。一階のロビーまで降りてみた。しかし、美人検事の姿は見当たらない。

上司に地検に呼び戻されたのか。それとも、プライベートな急用ができたのだろうか。

見城はエレベーターを使って、三階に戻った。

テレフォンブースの陰に身を隠し、三十分ほど時間を遣り過ごした。大宴会場の扉は閉ざされたまま、誰も出てこない。美しい女も戻ってこなかった。

見城は車の中で国生を待つことにした。

エレベーターで地下駐車場に降り、ＢＭＷに乗り込む。見城はシートの背凭れを一杯に倒し、深く寄りかかった。

国生が地下駐車場に降りてきたのは九時過ぎだった。連れはいなかった。

ベンツがスロープを登りはじめてから、見城はＢＭＷのヘッドライトを点けた。尾行の再開だ。

国生の車はホテルの地下駐車場を出ると、名古屋で最大の繁華街に向かった。高級クラブが軒を連ねる通りに入り、近代的な飲食ビルの前で停まった。

ビルの前には、若いポーターたちが立っていた。国生はベンツを降りると、馴《な》れた足取りでビルの中に入っていった。ポーターのひとりが国生のベンツの運転席に入り、瞬く間に走り去った。近くの有料駐車場にベンツを預けに行ったのだろう。

見城は路上にＢＭＷを停《とど》め、すぐにヘッドライトを消した。だが、車からは降りなかった。そのまま車内に留まる。
七、八分過ぎると、ベンツを運んだポーターが歩いて戻ってきた。
見城はＢＭＷから出て、そのポーターに歩み寄った。二十歳そこそこで、片方の耳にピアスを飾っていた。茶髪だった。

見城は茶髪のポーターの肩に腕を回した。

無言だった。ポーターが驚きの声をあげ、逃げようとした。見城は相手の片腕をむんずと掴み、模造警察手帳を短く見せた。

「は、放してちょ。おれ、なにも悪さしとらんで」

ポーターが言った。

「ちょっと訊きたいことがあるだけだ」

「いま、仕事中だがね」

「ほんの二、三分で済む」

見城は茶髪の男を暗がりに連れ込んだ。

「おみゃあさん、愛知県警の刑事さんきゃ?」

「警視庁の者だ。国生は、なんて店に入ったんだ?」

「国生?」

「空とぼける気なら、何か罪名をでっち上げて手錠《ワッパ》打つぞ」

「無茶言うとるわ。ほんとに国生なんて知らんがね」

「ゴールドのベンツの持ち主だよ」

「四日市の社長さん、国生という名だったんかいな。おれ、そこまで知らんもん」

「国生の行きつけの店は？」

「五階のクラブ『ミモザ』ですわ。あの店のママと四日市の社長は、できとる感じやな」

「ママの名前、知ってるか？」

「店のホステスさんは、玲子ママと呼んどるで」

茶髪のポーターが答えた。

「どんな女なんだ？」

「きれいなママだわ、ちょっと人工的な美しさだけど。白人とのハーフみたいに彫りが深きゃいんだわ。きっと何度も美容整形したんでしょ」

「ママは、いくつぐらいなんだ？」

「女の年齢《とし》はよくわからんわ。でも、まだ三十歳そこそこだろうね」

「『ミモザ』は何時に看板になるんだ？」

見城は畳みかけた。

「十一時半です。四日市の社長が店に来た日は、たいてい玲子ママと一緒に帰っていきますわ。ママのマンションでいいことするんでしょ？」

「ママのマンションは、どこにあるんだい？」

「千種《ちくさ》にあるって話を聞いたことあるな。けど、詳しいことは知らんがね」

「そうか」

「四日市の社長、東京で何か危《ヤバ》いことしたんですか？」

ポーターが問いかけてきた。

「まあな」

「警察に追われるようなとろくさい男には見えんかったがな」

「言ってくれるな。まるで警察は無能な人間の集まりみたいじゃないか」

「怒らんでちょ。つい口を滑らせてしまったんですわ」

「ま、いいさ。国生は、いつもひとりで飲みに来てるのか？」

「そう、いつもひとりですわ」

「国生や『ミモザ』のママに余計なことを喋ったら、おまえを高級車窃盗グループの一員に仕立てるぞ」

「そ、そんな！」

「警察はその気になれば、白いものを簡単に黒くもできるんだ。そのことを忘れないほうがいいな」

見城は威《おど》して、ＢＭＷに戻った。

茶髪のポーターはふたたび飲食ビルの前に立ったが、決して見城のいる方を見ようとしなかった。脅しが効いたようだ。

張り込みは根気が肝心だった。焦れたら、ろくな結果にならない。

見城はラジオの音楽番組を聴きながら、辛抱強く待ちつづけた。

十一時半になると、飲食店ビルから酔った男たちやホステスたちが次々に姿を現わした。茶髪のポーターが飲食店ビルから離れたのは十一時四十五分ごろだった。
六、七分が過ぎたころ、
それから数分後、彫りの深い三十歳前後の女と腕を組んだ国生が現われた。連れの女は『ミモザ』のママだろう。国生は先に女をベンツの助手席に坐らせ、おもむろに運転席に入った。それほど酔ってはいない様子だ。

見城はラジオの電源を切り、尾行の準備を整えた。

ベンツは盛り場を走り抜け、やがて高級住宅街に入った。千種区だ。

邸宅街の外れに、茶色のタイル張りのマンションがそびえている。八階建てだった。

ベンツは、マンションの地下駐車場のシャッターの前でいったん停止した。助手席の女が遠隔操作器《リモート・コントローラー》を使って、オートシャッターを巻き上げた。

見城はマンションから数十メートル離れた場所にBMWを停め、すぐにヘッドライトを消した。そのまま路上駐車する。

悪趣味なベンツが地下駐車場に吸い込まれ、自動シャッターが出入口を塞《ふさ》いだ。

少し経ってから、見城は車を降りた。

高級マンションの玄関は、どこもオートロック・システムになっている。外部の者がたやすくマンションの中に入ることはできない。

ただ、完璧と思われがちな防犯システムにも泣きどころがある。

マンションの入居者が車で帰宅して地下駐車場に潜ったとき、シャッターの真下に小石でも嚙ませておけば、ふたたびシャッターは自動的に巻き揚げられる。

むろん、アラームは鳴る。防犯カメラも作動しているだろう。

しかし、顔を隠してスロープを一気に駆け降りれば、うまくマンションの内部に侵入できる。

何度も成功していた。その手を使うか。

見城は近くに人の姿がないことを目で確かめてから、マンションの地下駐車場に近づいた。

出入口のすぐ横に、高さ二メートルあまりの黄楊《つげ》が植わっていた。枝ぶりは悪くなかった。

見城は黄楊の陰に走り入り、すぐ屈んだ。

うまい具合に、足許に玉砂利《じゃり》があった。消しゴムほどの大きさだ。見城は玉砂利を一つ拾い上げ、車で帰宅する入居者を待ちはじめた。

十分が過ぎ、二十分が流れた。

車は一台も近づいてこない。たっぷり一時間は待たされることになるのか。

見城は長嘆息《ちょうたんそく》した。その数十秒後だった。若い女の悲鳴が夜の静寂を突き破った。男たちの怒声も聞こえた。

見城は反射的に植え込みから路上に躍り出た。

マンションの少し先で、三つの人影が揉み合っていた。近くに黒いワンボックスカーが見える。スライドドアは開いていた。どうやら二人の男が女を車の中に押し込もうとしているようだ。

見城は疾駆した。

そのまま高く跳躍して、男のひとりの顎を蹴り上げる。若い長身の男は数メートル後方に吹っ飛んだ。体をくの字に折りながら、尻から落ちる。両脚が高く跳ね上がった。

赤茶のレザーブルゾンを着ていた。

見城は着地するなり、もうひとりの小太りの男に横蹴りを見舞った。

相手が体をふらつかせた。見城は隙を与えなかった。大きく踏み込んで、相手の水月《すいげつ》に逆拳《ぎゃくけん》をめり込ませる。空手道では、鳩尾を水月と呼ぶ。急所の一つだ。

小太りの男が前のめりに倒れて、長く唸った。五分刈りで、紫色のだぶだぶの背広を着込んでいた。

見城は初めて女の顔を見た。なんと草刈聡美と思われる美女だった。

「何があったんです？」

「わかりません。そこにいる男たちが急に襲ってきて、わたしを車に無理やり乗せようとしたんです」

「きみは帰ったほうがいい。後は、こっちに任せてくれ」

「でも……」

「危ないから、退がっててくれ」

「は、はい」

女が震え声で言い、後方に退《しりぞ》いた。

そのとき、上背のある男が起き上がった。

「われ、なんの真似や！」

「関西の極道か。女は優しく扱うもんだ」

「なんやとっ。こら、しばかれたいんか。怪我せんうちに、消《う》せるんやな」

「そうはいかない」

見城は身構えた。

レザーブルゾンの男が険しい顔で、腰の後ろから白鞘《しらさや》を引き抜いた。鞘ごとだった。

見城は五分刈りの男に目を向けた。

男はうずくまって、苦しそうに呻いていた。暴漢の二人は、ともに二十代の後半だった。

匕首《あいくち》を水平に持った長身の男が、手垢で黒ずんだ鞘を横に払った。かすかに蒼みがかった短刀が剝き出しになった。

刃渡りは二十七、八センチだった。街路灯の光が波形の刃文《はもん》を浮き上がらせた。

見城は少しも恐怖を覚えなかった。これまでに数えきれないほど修羅場を潜ってきた。プロの殺し屋を幾人も倒している。

上背のある男が匕首を上段から振り下ろした。

刃風は重かった。白っぽい光が揺曳《ようえい》した。

見城は動かなかった。威嚇の一閃と見抜いていたからだ。

「カッコつけとるやないか。今度は、威しやないで」

男が前に踏み出し、刃物を下から掬い上げた。

見城は上体だけを反らせた。匕首の刃先が顎すれすれのところを掠めた。相手の利き腕を押さえて、右の鉤突《かぎ》きを放つ。ボクシングのフックに当たる突き技だ。

鉤突きは男の頰骨に当たった。

見城は相手を引き寄せ、金的を膝で蹴り上げた。股間だ。男が膝から崩れた。見城は匕首を捥取《もぎと》り、背の高い男の首筋に寄り添わせた。

「どこの者だ？　なんで女を拉致しようとしたんだっ」

「やっかましいわい」

「血のネックレスをするか。え？」

「わ、われこそ、何者なんや？　堅気と違うやろ？」

「おれは堅気だよ」

「われ、おちょくっとんのかっ」

男が狭い額に青筋を立てた。

そのとき、後ろで女が叫んだ。

「危ない！　逃げて、逃げてちょうだい！」

「え？」

見城は首だけを捩った。

小太りの男が自動拳銃を両手で構えていた。アメリカ製のハードボーラーだった。すでにスライドは引かれている。

「匕首《ドス》を兄貴に返すんや。早《はよ》うせんかい」

「おまえこそ、物騒な物を渡せ！」

「くそっ、撃かれたいんかっ」

「手が震えてるな。それで撃てるのかな？」

見城は挑発して、上背のある男を弾除《ハジ》けにした。

小太りの男が後退し、引き金を絞った。銃声が轟いた。放たれた九ミリ弾は、見城の頭上を抜けていった。身を屈めたとき、長身の男の踵《かかと》で向こう臑を蹴られた。

その隙を衝かれた。

背の高い男は見城の腕を振り払い、ワンボックスカーの運転席に飛び込んだ。すぐにエンジンがかけられた。

「次は頭《どたま》撃ち抜くぞ」

小太りの男が喚きながら、ワンボックスカーの横まで退がった。逃げる気らしい。

見城は刃物を男に投げつけた。小太りの男はぎょっとして、跳びのいた。すぐに発砲する構えをとったが、急にスライドドアから車内に乗り込んだ。

ワンボックスカーが急発進した。

見城は追った。全力疾走したが、ワンボックスカーはみる間に遠ざかっていった。

ナンバープレートは、黒いビニールテープでそっくり隠されていた。ほどなく暴漢たちの車は闇に紛れた。

「くそったれめ！」

見城は歯嚙みして、マンションの斜め前まで駆け戻った。

「お怪我は？」

美しい女が心配顔で訊いた。

「向こう臑を蹴られただけです。きみは？」

「おかげさまで、どこも痛めていません。助けてくださって、ありがとうございました」

「当然のことをしたまでですよ。逃げた二人組は何者なんです？」

「わかりません。ある事件の内偵中に、さっきの男たちにいきなり拉致されそうになったんです。申し遅れましたが、わたし、名古屋地検特捜部の草刈聡美です」

「検事さん？」

「ええ、そうです。間もなくパトカーが到着するでしょう。わたし、携帯で一一〇番したんです。消えるなら、いまね」

「どういうことなんです？」

「あなたは、ただの市民じゃなさそうだわ。男たちの遺留品の刃物は、こっそり処分しておきます」

「なぜ、そんなことを？」

「指紋採取で刃物から、あなたの指紋が出たら、差し障《さわ》りがあるんじゃありません？」

「おれに犯歴はないよ」

見城は言った。

「警察庁の指紋データベースに登録されてるのは、前科者だけじゃないわ。あなたなら、そのことをご存じだと思ったんだけど」

「知らなかったな。おれは有給休暇をとって、独り旅をしてるサラリーマンだからね」

「サラリーマンには見えません。消えるなら、いまよ。さっきの銃声を聞いた付近の住民が表に出はじめてるわ」

草刈聡美が言って、さりげなく離れた。パトカーのサイレンが遠くから響いてきた。

見城はＢＭＷに向かった。今夜は名古屋のホテルに泊まるつもりだった。

4

正午のニュースが終わった。

千種区のマンション前の発砲事件は、ごく短く報じられたきりだった。朝刊には何も載っていなかった。原稿が締切り時間に間に合わなかったのだろう。

見城はテレビの電源スイッチを切り、煙草に火を点けた。

中区にあるホテルの一室だった。ホテルに二泊分の保証金を預けてあった。

十二階のシングルルームだ。窓の下には、名古屋のビル街が拡がっている。

少し前に、ルームサービスの軽食を摂ったところだった。見城は煙草を喫い終えると、部屋の電話機を使って松丸に連絡を取った。

「実はいま、名古屋に来てるんだ」

「そうっすか。なんで、また名古屋に⁉」

松丸は、びっくりした様子だった。見城は経緯《いきさつ》をつぶさに話した。

「そういうことだったんすか。それじゃ、見城さんは何日か名古屋にいることになりそうっすね？」

「そうなるだろうな。そこで、松《まっ》ちゃんに頼みがあるんだ」

「わかってますって。例の仕掛けた録音テープを毎日チェックしてほしいんでしょ？」

「そう、できたらな。全社回るのが大変だったら、とりあえず大手ゼネコンの蜂谷組と東日本林業の二社の録音音声だけでも聴いてもらいたいんだ」

「いいっすよ。多分、全社回れると思います」

「松ちゃん、そう無理しなくてもいいんだ。本業の仕事の合間にでも、録音音声を聴いてもらえばいいんだよ」

「見城さん、そんな呑気《のんき》なことを言ってられないでしょ。いつブロンド女を操ってる者が、『睦友会』の残りの二社に脅しの電話をかけるかもしれないんすから」

「そうなんだが、松ちゃんにあまり負担をかけたくないんだ」

「水臭いっすよ。おれ、見城さんの悪人狩りの手伝いができることを誇りに思ってんすから。強請の片棒を担ぐほど度胸はないっすけどね。でも、腹黒い連中をやっつけるのは愉しいっすよ」

　松丸が言った。声が弾んでいた。

「松ちゃんは欲がないな。本格的に百さんやおれの仲間になれば、まとまった金が入るのに。悪銭は悪銭だがね」

「当分、結婚する気はないっすから、それほど金は必要じゃないんすよ。まとまった銭《ぜに》が必要になったら、見城さんと百さんから口止め料をせしめることにします。おれ、二人の悪さをいろいろ知ってますんでね」

「そうだな。おれを揺さぶるのはかまわないが、里沙には裏稼業のことは絶対に内緒だぜ」

「わかってますって。そんなに里沙さんのことを大事に想ってるんだったら、ちゃんと結婚すればいいのに」

「大人には、いろんな事情があるんだよ」

「うまく逃げたっすね」

「ま、いいじゃないか。忙しい思いをさせるだろうが、よろしく頼むな」

見城はフックをいったん押し、三友建設の坂巻に電話をかけた。ダイヤルインだった。直接、当の本人が受話器を取った。

「見城です」

「おう。きのう、名古屋のホテルで常務に会ったんだってな？」

「そうなんですよ」

「名古屋には何しに？」

「地元ゼネコンの動きを少し探ろうと思ったんです」

「そのことで、新情報が入ったんだ。地元ゼネコンの矢杉建設と東海建土は、どうも空港島の工事入札は諦めるようなんだよ」

坂巻が声をひそめた。

「急にどうしてなんです？」

「地元出身の現職大臣に二社の社長が呼ばれて、名古屋万博の工事を回させるから、運輸（現・国土交通）省絡みの巨大プロジェクトのほうは見送るようにと言われたらしいんだ」

「超大物政治家の意向は無視できないってわけですね？」

「そういうことだな」

「あるルートで知った情報によると、三重県四日市の明光建工という中堅ゼネコンが埋め立て用土砂の利権を欲しがってるそうなんですよ」

「その話は初耳だな。もちろん、社名は知ってるが」

「そうですか。実は昨夜《ゆうべ》、明光建工の国生って社長を四日市から尾行して名古屋入りしたんですよ。国生は、坪内常務と同じパーティーに出席してました」

「で、国生社長に何か怪しい動きがあったのか？」

「いいえ。きのうはパーティーに出た後、愛人のクラブで飲んで、彼女のマンションにしけ込んだだけです。政官財界の実力者に鼻薬をきかせるかもしれないと睨んでたんですがね」

「そう」

「もう少し国生をマークしてみようと思ってるんです」

見城は言った。

「それはいいが、『睦友会』の二社、準大手ゼネコン三社、それから太平洋ビルトなど大手マリコン三社の動きも調べてくれてるんだろうな？」

「その点は大丈夫です。各社の電話回線に盗聴器を仕掛けて、すべての電話内容を自動的に録音するようにしておきました。その音声は、知り合いの男が毎日チェックしてくれることになってるんです」

「そうなのか」

「ただ、各社の役員や入札担当者の携帯に、正体不明の脅迫者が電話をした場合の傍受《ぼうじゅ》はできません。それをやるには、各社の近くに広域電波受信機《マルチバンド・レシーバー》を持った者を一名ずつ張りつけておきませんとね」

「そうか。しかし、そういう大がかりな調査をやると、何かと人の目につきやすいな。犯人側も当然、警戒するだろう」

「そうでしょうね」

「仕方がない、携帯電話の傍受は諦めよう」

「わかりました。ところで、その後、例の男が何か言ってきました？」

「ついさっき、常務宛《あて》に犯人からファクス送信があったんだ」

坂巻が、さらに声を低めた。

「くそっ、ファクス送信か。裏をかかれたな。それで、脅しの内容は？」

「十日以内にわが社が『睦友会』を脱けなければ、強硬手段をとるという文面だった。おそらく丸林組、五井開発、トミタ住建の三社にも、同じような送信状が届けられたんだろう。坪内常務は頭を抱えてる」

「先輩、ファクスの発信場所は？」

「港区内にあるコンビニエンスストアだったよ。その店に電話で問い合わせてみたんだが、アルバイト店員はファクスの利用客をよく憶えてなかったんだ」

「港区内に本社を置く準大手ゼネコンは二社ありますが、わざわざ足がつくようなことをするとも思えない」

「そうだな。見城、なんとか一日も早く卑劣な脅迫者の正体を暴いてくれ」

「できるだけのことはやります」

「今夜も名古屋に泊まるつもりなんだな？」

「ええ」

「念のために一応、ホテル名と部屋番号を教えておいてくれないか」

「いいですよ」

見城は相手の質問に答えて、受話器をフックに返した。

また、ロングピースをくわえる。ふと里沙の声が聴きたくなったが、電話はかけなかった。きっと彼女と長電話をしていたら、単なる浮気調査で名古屋に来ているという嘘は看破されてしまうにちがいない。その結果、余計な心配をかけさせることになるだろう。

噴き上げた煙草の煙がゆらめいて、一瞬、女体を想わせる形になった。

見城は脈絡もなく、姿子の白い裸身を思い起こした。情事代行の依頼があった日、風呂上がりの姿子は玉虫色のシルクガウンを着て玄関ホールで待っていた。

見城が靴を脱ぐと、姿子は艶然《えんぜん》とほほえんでシルクガウンの前をはだけた。

目の粗《あら》い黒の網タイツが目を射た。姿子は、それだけしか身に着けていなかった。肌の白さが強調され、なんともエロチックだった。

見城は欲望をそそられ、姿子の足許にひざまずいた。はざまの肉はネットに圧迫され、妙な具合に盛り上がっていた。われ知らずに見城は姿子の腰を引き寄せ、網目越しに口唇愛撫を加えていた。

網目から顔を覗かせた恥毛が淫猥《いんわい》だった。

見城は姿子を玄関ホールの壁に寄りかからせ、立位で体を繋いだ。網タイツは膝の上までしか下げなかった。姿子も、ふだんよりも早く燃え上がった。

当然のことながら、姿子はO脚気味になった。その恰好がなんとも猥《みだ》りがわしかった。

あのときは興奮した。百面鬼とつき合っているうちに、自分も変態になりかけているのだろうか。見城は苦く笑って、煙草の火を消した。

それから間もなく、部屋を出る。見城は地下駐車場のBMWに乗り、官庁街に向かった。

名古屋地方検察庁は割に近い。十分そこそこで、目的地に着いた。

見城は庁舎の少し手前にBMWを停めた。電話で、女検事が庁舎内にいることは確認済みだった。愛知県警本部の捜査員になりすましたのだが、検察事務官は少しも怪しまなかった。

それだけではなかった。若い検察事務官は親切にも、草刈検事が午後五時まで外出しないことを教えてくれた。

見城は、美人検事が空港島建設に絡む賄賂工作の証拠を早く押さえたがっている気配を感じ取っていた。

殺された榊原と同じように、聡美の動きを探れば、何か大きな手がかりを摑めるだろう。うまくすれば、榊原殺しの犯人と謎の脅迫者の正体がいっぺんにわかるかもしれない。

美しい検事を拉致しようとした二人組の雇い主は、国生なのだろうか。男たちが国生の愛人のマンションの近くにいたことを考えると、その疑いが濃い。

ひと目で極道とわかる男たちは、関西弁を使っていた。ただ、伊勢弁とは少し違うように聞こえた。大阪周辺の極道なのかもしれない。

もっとも関東育ちの見城は、関西弁を正確に聞き分けることができない。同じ大阪弁でも河内の言葉は荒っぽいという。京都弁も地域によって、微妙な違いがあるらしい。

二人組が関西のどこの極道であっても、三重県に住んでいる国生と繋がっている可能性はあるはずだ。

見城はシートに深く凭れた。

車を降りたのは四時五十分ごろだった。庁舎の駐車場の見える場所に立って、聡美が現われるのを待つ。

五時を過ぎても、美人検事は姿を見せない。別の通用口から庁舎を出たのだろうか。

そんな不安が胸を掠めたとき、横から大声で名を呼ばれた。唐津の声だった。

見城は、目で逃げ場を探した。

残念ながら、身を隠せる場所はなかった。観念して体の向きを変える。

「唐津さん、妙な所で会いますね」

「見城君、ここで何をしてるんだ!?」

「先輩に頼まれた調査で、きのう、名古屋に来たんですよ。ちょっと時間が余ったんで、名古屋地検を見学してたんです。唐津さんこそ、なんでこっちに？」

「榊原の弔い合戦さ」

「自分で犯人《ホシ》を捜す気になったんですね」

「ああ。一日も早く榊原を成仏させてやりたいんだ」

唐津が、しんみりと言った。流行遅れのツイードの上着に、よれよれの白っぽい綿コートを羽織っていた。

「告別式に出られなくて、申し訳ありません」

「いいんだよ、通夜に顔を出してくれたんだから。借りたハンカチ、そのうち洗って返すよ」

「いつでも結構です」

「おたくに涙を見せちゃって、なんかカッコ悪いよ。おれらしくないもんな」

「自然なことですよ。目をかけてた榊原さんが不幸な亡くなり方をしたわけですから。おれも一瞬、貰い泣きしそうになりましたよ」

「そうか。盛大な葬儀だったが、奥さんとひとり娘の彩花ちゃんは骨箱を抱えて泣き通しだったよ。辛くて見てられなかったな」

「そうでしょうね。それはそうと、名古屋地検にはどんなことで？」

　見城は話題を変えた。

「特捜部の草刈聡美という検事を訪ねてきたんだよ。告別式の後、榊原のライター仲間にいろいろ話を聞いたんだ。それで、榊原がその女検事の動きを探《さぐ》ってることがわかったんだよ。榊原は、中部国際空港建設の利権漁りを取材していたらしい。草刈検事は入札絡みの汚職を内偵してるんじゃないかと推測したんだ」

「それで、取材に応じてくれたんですか？」

「会うことは会ってくれたんだが、立件前の捜査状況を明かすことはできないの一点張りで、取りつく島もなかったよ。超美女だが、口は堅かったね。彼女、いい検事になるよ」

「取材できなかったのは残念ですね」

「なあに、こっちだって、伊達《だて》に新聞記者《ブンヤ》をやってるわけじゃない。はい、そうですか、と引き下がったりしないさ」

「その美人検事を尾けるんですね？」

「ああ。社の車だと尾行に気づかれるんで、どこかでレンタカーを調達するつもりなんだ。おたくは、これからどうするんだい？」

「名古屋城でも見物して、東京に帰りますよ」

「そうかい。急いでるんで、またな！」

唐津が片手を挙げ、早足で遠ざかっていった。

これで、聡美をマークできなくなってしまった。百面鬼に協力してもらって、明光建工の社長を揺さぶってみるか。

見城はＢＭＷに戻った。

第三章　怪しい談合仕切り屋

1

ギアをD《ドライブ》レンジに入れたときだった。

名古屋地検から一台の単車が走り出てきた。ヤマハの二五〇ccで、車体はミッドナイト・ブルーだった。

見城は何気なくライダーを見た。

体の線で、若い女とわかった。濃紺のフルフェイスのヘルメットを被っているのは、女検事だった。チャコールグレイのセーターの上に、ラムスキンのブルゾンを羽織っている。ブルゾンは深緑だった。下は薄茶のパンツだ。

唐津には悪いが、自分が美人検事を尾行させてもらおう。

見城はグローブボックスから、変装用の黒縁眼鏡を掴み出した。レンズは素通しで、度は入っていない。眼鏡をかけ、前髪を額いっぱいに垂らす。少しは印象が変わったはずだ。

しかし、油断はできない。草刈聡美は、見城のＢＭＷを見ているだろう。充分な車間距離を取って、聡美の単車を追いはじめた。

ヤマハは官庁街を走り抜けると、オフィス街に入った。

やがて、洒落《しゃれ》たビルの前に停まった。プレートには『中京経団連』と記されている。中部経済界の総本山だ。新空港の運営に当たる空港会社に出資した有力企業七社も、もちろん会員会社だ。空港会社も、すでにメンバーになっているにちがいない。

聡美はバイクを路肩に寄せ、近くの公衆電話ボックスに入った。その位置から、『中京経団連』を見通せる。

女検事はヘルメットを取り、受話器を手にした。しかし、テレフォンカードは差し込まなかった。硬貨も投入しない。聡美は受話器を耳に当て、斜め前の洒落たビルに視線を向けている。地元財界人が出てくるのを待っているのだろう。

ＢＭＷは、ヤマハから五、六十メートル後方に駐めてある。

見城はヘッドライトを消し、ロングピースをくわえた。

二十数分が過ぎたころ、聡美があたふたとテレフォンボックスから出た。ヘルメットを被り、単車に打ち跨《また》がる。

見城は『中京経団連』ビルの地下駐車場の出入口を見た。

黒塗りのセルシオが車道に向かっていた。後部座席に二人の男が並んでいるが、顔はよく見えなかった。運転席に坐っているのは三十代半ばの男だった。秘書か、お抱え運転手だろう。

ほどなくセルシオが広い車道に出た。

ヤマハが二台の乗用車を挟んでセルシオを追尾しはじめた。見城もBMWを発進させた。

セルシオは数十分走り、名城公園の近くにある料亭に吸い込まれた。

『長谷川』という屋号で、粋な黒塀に囲まれていた。塀越しに松の枝が見える。みごとな枝振りだ。

ヤマハは『長谷川』の数軒先の料亭の脇に停まった。

見城は『長谷川』の脇道にBMWを乗り入れ、すぐに路肩に寄せた。

少し時間を稼いでから、黒塀の勝手口に忍び寄った。静かに勝手口の戸を開け、料亭の内庭に回った。

広い車寄せには、五、六台の高級車が並んでいる。最も奥に、黄金色のベンツが駐めてあった。明光建工の国生社長が地元の財界人を招待したようだ。

見城は樹木の間から、『長谷川』の広い玄関をうかがった。

国生が六十歳近い二人の紳士に愛想笑いをしている。空港会社の社長と副社長だった。

見城は二人の顔をテレビのニュースで観たことがあった。名前までは思い出せなかった。

二人の紳士は七十年配の女将に導かれ、料亭の奥に消えた。

国生は玄関先に立ち、数人の仲居や下足番の老人に何か指示していた。従業員たちは神妙な顔つきで、一語一語に大きくうなずいた。国生は超大物政財界人を招いたようだ。

見城は植え込みの中で待ちつづけた。

五、六分過ぎると、二台のハイヤーが『長谷川』の車寄せに滑り込んできた。

前のハイヤーの後部座席から降り立ったのは、元運輸（現・国交）大臣だった。後ろのハイヤーの客は、三重県出身のベテラン国会議員だ。

国生は二人の大物政治家に深々と腰を折り、玄関内に迎え入れた。二人の客が上がり框《かまち》に足を掛けると、明光建工の社長も靴を脱いだ。あくまでも控え目だった。

三人の姿が見えなくなると、見城は抜き足で表に出た。

国生が派手な接待と賄賂で大物政財界人に取り入ろうとしていることは、ほぼ間違いない。しかし、それだけで中堅ゼネコンが巨大プロジェクトの工事を受注できるという保証はない。

そこで、強敵の大手ゼネコン六社の談合組織『睦友会』の切り崩しを画策したのではないか。その陰謀をフリージャーナリストの榊原が暴こうとしたにちがいない。

そう考えると、話の辻褄は合う。おそらく国生は自称スーザン・ロジャックスに坪内たち大手ゼネコンの役員をスキャンダルの主役にさせ、関西の極道たちに榊原を始末させたのだろう。

見城はＢＭＷに乗り込んだ。

ほとんど同時に、携帯電話が鳴った。発信者は松丸だった。

「少し前に蜂谷組と東日本林業の録音音声を聴いたんすが、脅迫じみた声が……」

「どんな内容だった？」

「男の声で、二社のトップに『役員のスキャンダルを押さえた。貴社が大手ゼネコンの談合組織を脱けなかったら、淫らな映像を全マスコミに流す』と脅しをかけてたんすよ。そいつがボイスチェンジャーを使ってることは間違いないっすね」

「そうか」

「とうとう『睦友会』は解散に追い込まれそうっすね？」

「ああ、おそらくそういうことになるだろう」

「見城さん、まだ犯人の見当はつかないんすか？」

「ようやく疑わしい人物が浮かび上がってきた。その男を締め上げてみるよ」

見城は言った。

「ひとりで大丈夫っすか？」

「百《どう》さんの手を借りようと思ってる」

「そうっすか。念のため、準大手ゼネコンと大手マリコンに仕掛けた電話盗聴器はしばらく外さないでおきます」

松丸の声が沈黙した。

見城は百面鬼に電話をかけた。

「これから名古屋に来てもらいたいんだ」

「何でえ、いきなりさ。見城ちゃん、なんで名古屋なんかにいるんだよ？」

百面鬼が訊いた。見城は経過を明かした。

「抜け駆けはよくねえな。おれに分け前くれるのが惜しくなったのかい？　ちっ、面白くねえな。汚《きたね》えよ」

「そうむくれないでくれ。別に、獲物を独り占めにする気なんかなかったんだ。脅迫者捜しの依頼人は学生時代の先輩だったし、元毎朝日報記者の榊原充とは唐津さんを交えて何度か飲んでたからね。だから、犯人の目星がつくまでは、おれひとりで……」

「わかったよ。で、おれは何をやりゃいいんだ？」

「署の押収品保管庫から、何か麻薬《クスリ》をくすねてほしいんだ。覚醒剤《シャブ》のパケでも、コカインの結晶でも何でもいいよ」

「国生とかいう野郎をまず犯罪者に仕立てて、ゆっくり口を割らせようってシナリオだな？」

「いや、犯罪者に仕立てるのは国生の愛人のクラブママにしようと考えてるんだ」

「で、国生を誘《おび》き出そうって段取りだな？」

「そういうこと！」

「そのママはマブいのか？」

百面鬼が問いかけてきた。

「きれいはきれいだよ、整形美人っぽいんだが」

「ボディーは？」

「熟れごろだな」

「そいつは楽しみだ。覆面《メン》パトのトランクに、喪服が二、三着入ってんだ。サイレン鳴らして、これから名古屋に向かうよ。二時間そこそこで着くだろう」

「それじゃ、八時半ごろにはホテルに戻ってる」

見城は泊まっているホテル名と部屋番号を教えて、通話を切り上げた。

一服してから、美人検事の様子をうかがいに行く気になった。そっと車を降り、『長谷川』の前の通りまで歩いた。

聴美は同じ暗がりに身を潜めていた。

ヘルメットは被ったままだった。それでも寒いのか、足踏みをしていた。動きは小さかった。

検察事務官の協力を仰ごうとしないのは、なぜなのか。美しい検事を単独捜査に駆りたてたものは、若々しい正義感なのだろうか。そうではなく、功名心に衝き動かされただけなのか。

どちらにしても、女だてらに勇ましい。二人組に拉致されそうになったにもかかわらず、怯む様子がなかった。

聡明で、芯も強いのだろう。そうしたタイプの女は、ベッドでは案外、しおらしい。羞恥心も強い。

見城は物陰に身を隠し、美人検事を見守った。

何も動きはなかった。八時になったとき、見城はＢＭＷに戻った。脇道を直進し、広い表通りに出る。

数十分で、中区のホテルに着いた。

部屋で寛《くつろ》いでいると、ドアがノックされた。来訪者は百面鬼だった。シルバーグレイのダブルブレストの背広の下は、黒のカラーシャツだった。ネクタイは山吹色《やまぶき》だ。

「百《どう》さん、自分じゃダンディーぶってるんだろうが、配色のコントラストが強すぎるよ。それじゃ、ふた昔前のギャングみたいだぜ」

「ご挨拶じゃねえか。これでも、おれのセンスを誉めてくれる女がいるんだ」

「フラワーデザイナーの久乃さんか」

「まあな」

「何か誉めなきゃ、新しいフラワーデザイン教室を出してもらえないと思ってるんだろう」

見城は雑《ま》ぜ返して、やくざ刑事をソファに坐らせた。百面鬼が上着のポケットから、白い粉の入ったパケを五つか六つ取り出した。

「覚醒剤《シャブ》だね？」

「そう。混ぜ物なしの純正品《マブネタ》だよ。末端価格でワンパケ五万という極上物さ。歌舞伎町の橋口組が芸能人に売《バイ》してたやつを生活安全課の若い点数稼ぎが押収したんだ」

「署の人間にパケを盗《ギ》るところを見られなかっただろうね？」

「こいつを盗《ギ》ったのは、もう二カ月も前さ。覆面パトのフロアマットの下に隠してあったんだ。いつでも小銭に替えられるようにな」

「悪い刑事だ。百さん、夕食は？」

「まだ喰《く》ってねえんだ。名古屋くんだりまで車を飛ばしてきたんだぜ。何か旨《うめ》えもんを奢《おご》れや」

「いいよ。それじゃ、一階のグリルに降りよう」

見城は促した。

二人は部屋を出て、エレベーターに乗った。グリルに入り、どちらもサーロイン・ステーキを注文した。ビールを飲みながら、食事を摂った。

「おれの面《メン》パトで、『ミモザ』ってクラブに行こうや」

「そうするか。で、どういう段取《だん》りでいくかだな」

「二人で客になりすまして、高え酒をガブ飲みする。その間に、店の置き物の下にでもパケを突っ込んどいて、玲子とかいうママに脅しをかける。もちろん、ほかの客やホステスは追っ払う。そんな筋書きで、どうでぇ?」

「面白そうだ」

「ほんなら、行こうや」

百面鬼が先に立ち上がった。葉煙草《シガリロ》を横ぐわえにし、サングラスをかけたままだった。

グリルの従業員が一斉に目を伏せた。百面鬼のことを組員と思ったからだろう。

見城は伝票にサインをし、百面鬼を追った。

覆面パトカーは地下駐車場の出口の近くに駐めてあった。

クラウンだ。普通はワンランク下の車が覆面パトカーに使われる。百面鬼は署長の弱みをちらつかせて、自分専用の覆面パトカーを特別注文させたのだ。

見城は助手席に坐った。

警察無線のスイッチはオフになっていた。百面鬼が覆面パトカーを荒っぽく走らせはじめた。見城の道案内で、目的の場所に向かう。

百面鬼は平気で信号を無視した。赤色灯は点けていない。

ウインカーを点けずに、右左折もする。何人かのドライバーが目を剝いたが、ホーンを鳴らす者はいなかった。

やがて、目的地に着いた。覆面パトカーであることに気づいたにちがいない。

百面鬼は飲食店ビルの真ん前にクラウンを停めた。ビルの前には、二人のポーターがいた。ひとりは例の茶髪だ。

茶髪のポーターが吼《ほ》えかけて、口を閉じた。見城の姿に気づいたせいだ。茶髪の男がポーター仲間に何か耳打ちする。

二人のポーターはビルの脇まで退《さ》がった。

見城と百面鬼は『ミモザ』に向かった。

店のドアは真っ黒で、金色のモールがあしらわれていた。店に入ると、黒服の男が近づいてきた。

「申し訳ございません。当店は会員制のクラブでございまして……」

「国生さんの紹介なんだ」

見城は言い繕った。とたんに、相手の態度が一変した。営業用のスマイルを浮かべながら、揉み手で案内に立つ。

店は割に広かった。短いカウンター席のほかに、十卓以上のボックスシートがあった。

ソファはふっかりとしている。布張りだった。

三組の客が、それぞれ四人ずつホステスを侍《はべ》らせている。ママの玲子は、初老のバーテンダーと何か話していた。和服姿だった。

「ナポレオンとドンペリを一本ずつ持ってきてくれ。支払いは現金でいいよ」

百面鬼はソファにどっかりと腰かけ、わざとらしく手首のオーデマ・ピゲに目をやった。黒服の不安を取り除いてやったのだろう。

「あれがママだよ」

見城は百面鬼の脇腹を肘でつつき、カウンターに視線を投げた。

「ハーフっぽい美人だな。洋服のほうが似合いそうだ」

「裸がいちばん似合うかもしれないよ」

二人はいつものジョークを交わして、にやにやと笑った。

黒服の男が三人のホステスを席に着かせた。揃って若く、顔立ちもよかった。ミニドレスから覗く腿が瑞々しい。

酒が運ばれて間もなく、ママが挨拶にきた。

「明光建工の国生社長のお知り合いの方だそうですね。桐野玲子です」

「わたしは中村、連れは佐藤さんっていうんだ」

見城は、でまかせを口にした。

「どうかよろしくお願いします。やはり、ゼネコン関係のお仕事ですの?」

「うん、まあ」

「どうぞごゆっくり！　また、後《のち》ほどお相手させていただきます」

玲子が丁寧なお辞儀をして、別の席に移っていった。

百面鬼が先にドン・ペリニヨンの封を切らせ、三人のホステスにカクテルを振る舞った。見城たち二人は豪快に飲んだ。ドン・ペリニヨンはたちまち空になった。すぐにナポレオンに切り替えた。

百面鬼は左右のホステスの膝や腿を交互に撫でながら、際どい猥談《わいだん》を切れ目なく喋りまくった。見城はグラスを傾けながら、右隣に坐ったホステスの体に軽く指を這わせつづけた。

性感帯を愛撫しつづけると、瞳の大きなホステスは息を弾ませはじめた。うっとりとした表情だった。目には、紗がかかっている。

「感じやすいんだな」

見城はホステスの耳許に軽く息を吹きかけた。

女が身を震わせ、小さく呻いた。なまめかしい声だった。

「すごい感度だな」

「お客さんが上手なんですよ。さんざん女性を泣かせてきたんでしょ？」

「きみこそ、相当なテクニシャンに仕込まれたんだろう？」

パケの束を隠し、小さく振り返った。

見城は百面鬼の動きを目で追った。剃髪頭《スキンヘッド》の悪党刑事は陶製の電気スタンドの後ろに

ロングピースに火を点けたとき、百面鬼がトイレに立った。

息を喘《あえ》がせたホステスが、すかさずライターを鳴らした。デュポンの赤漆塗りだった。

見城は戯れを打ち切り、煙草をくわえた。

「大人だね」

「それは秘密……」

見城は、にっと笑った。百面鬼が口の端を歪め、化粧室に入っていった。

「お客さん、若い女を飼ってみる気はありませんか？」

右隣のホステスが身を寄り添わせ、唐突に訊いた。

「若い女って、きみのことか？」

「ええ、そうです。わたし、カード破産しそうなの」

「ブランド物を買いまくったんじゃないのか」

「そうです。あっという間にローンが増えて、一千万以上の借金が……」

「体で借金を返そうってわけか」

「それしか途《みち》がないの。この店では時給三千円貰《もら》ってるんですけど、美容院のセット代

とかで経費が嵩《かさ》んで、残るお金はたいして多くないんですよ。昼間はＯＬをやってるんだけど、給料がとても安いの」

「そう」

「お客さん、月に八十万でわたしを飼ってくれません？　わたし、飼い主に命じられたことは何でもやります。どんなに恥ずかしいことでも平気です。だから、お願い！」

「考えておくよ」

見城は適当なことを言った。

「ほんとに？」

「ああ」

「それじゃ、お名刺をいただけます？」

「あいにく切らしてるんだ。今度店に来たときに渡そう」

「脈なしなのね」

女が醒めた声で呟き、当てつけがましく体を離した。カクテルを一気に呷り、赤い唇にアメリカ製の細巻き煙草を挟んだ。

化粧室のドアが開き、百面鬼が姿を見せた。

やくざ刑事は店の中を見回し、事業家らしい客と談笑しているママを手招きした。

玲子が優美に立ち上がり、百面鬼に歩み寄った。百面鬼が警察手帳を短く呈示し、二言三言喋った。

玲子の横顔が引き攣《つ》った。見城は短くなった煙草を灰皿の底に捩《ねじ》りつけた。

2

客とホステスがいなくなった。

初老のバーテンダーや黒服の男も店から追い出した。まだ閉店時刻まで間があった。

見城はドアの内錠を掛けた。

「刑事さん、これは誰かの悪質ないたずらですよ」

ママが百面鬼に訴えた。

「誰かって？」

「それはわかりません。おそらく常連のお客さまがお連れになった方かどなたかが、覚醒剤のパケを電気スタンドの陰に隠したんだと思うわ」

「そうかな」

百面鬼が首を傾げ、覚醒剤の検査液の小壜《こびん》をグローブのような掌《てのひら》の上で弾ませた。少し前に検査済みだった。

「刑事さん、変だと思いません？」

「何が？」

「もしも、仮にわたしが麻薬《クスリ》をやってたとしたら、パケを目につきやすい場所には置くわけないでしょ？」

「覚醒剤中毒《シャブチュー》になった奴らは、たいてい自分の手の届くような場所にパケを置いてる。注射器《ポンプ》はどこにある？　ハンドバッグの中か？」

「そんな物、持ってませんよ。昔、女暴走族《レディース》やってたころにトルエンや睡眠薬で遊んだことはあるけど、覚醒剤《シャブ》には一度も手を出してませんよ」

「しぶといな。新宿の橋口組の遠藤《えんどう》って組員が、あんたに純生品《マブネタ》を十パケ売ったと自白《ウタ》ってるんだ。いい加減に素直になれや」

「そんな話、でたらめだわ。わたし、遠藤なんて奴は知らないもの。ほら、注射の痕だって、ないでしょ？」

玲子が白っぽい綸子《りんず》の両袖を交互に大きく捲り上げた。確かに注射痕はどこにもなかった。

「注射は腕にするとは限らない」

見城は言いながら、二人に歩み寄った。

「え？　どういう意味なの!?」

「おれが逮捕《パク》ったお風呂屋《ソープランド》のお姐《ねえ》ちゃんは、ベロの裏や小陰唇の裏に注射してた。ついでに言っとこう。最近は覚醒剤を水に溶かして服んだり、粉を大事なところに擦りつける女が増えてるんだ。尻の穴に擦り込む女もいる。覚醒剤には、催淫効果もあるからな」

「だから、なんだって言うの？」

「両腕だけを見せられたって、あんたが覚醒剤《シャブ》を注射《ズケ》てないって証拠にはならないってことだよ」

「ここで、素っ裸になれってわけ!?　そんなの、人権問題だわ。まだ逮捕状も見せてもらってないんだし」

玲子が息巻いた。

「それは、さっき言っただろうが。同僚刑事が追っつけ逮捕状を持って、ここに来るってな」

「なら、逮捕状が届いてから、話をしましょうよ」

「そんなふうに突っ張ってると、損だぜ。おれたちがその気になれば……」

見城の言葉を百面鬼が引き取った。

「公務執行妨害もプラスできるし、売春防止法違反ってことにもできる」

「売春防止法違反ですって!?　冗談じゃないわ。ここは、会員制の高級クラブなのよ」

「けど、おれが店の中でホステスが客とナニしてたって言えば、それで通っちまうんだ」

「やっとわかったわ。あんたたち、ごろつき刑事《デカ》なのね。適当な罪をでっち上げて、小遣いを脅し取ってるんでしょっ」

「おい、おい。おれたちみたいな真面目な刑事を侮辱すると、罪名が三つも四つも増えることになるぜ。こういう店は、どこも叩けば埃が出るからな。それでも、いいのか？」

「うちは法に触れるようなことは何もやってないわ」

「照明が暗すぎるな。風俗営業の許可をとってるわけじゃねえだろうから、それだけで違反は違反だ。税理士に当たりゃ、売上金のごまかしや経費の水増しもわかる」

「車代をいくら包めば、おとなしく帰ってくれるの？」

玲子の声が穏やかになった。

「おれたちを総会屋やブラックジャーナリストと一緒にしねえでくれ。おれたち、本気で犯罪を憎んでるし、市民の治安を護《まも》ることに心を砕いてるんだ」

「笑わせないでちょうだい。現金は売上の六十万ちょっとしかないけど、そのほかに百万ずつの小切手を渡すわ。それで、手を打ってくれない？」

「おれたち二人は、こう見えても資産家の倅《せがれ》なんだよ。百万なんて、高校生んときの小遣いだった」

「いくら出せって言うのよっ」

「あんた、あまり頭がよくねえな。おれたち二人は親の遺産を相続して、二人とも〝新宿署の富豪刑事〟と呼ばれてんだぜ。金でどうこうできるなんて思わねえことだな」

百面鬼が検査液の入った小壜を上着の左ポケットに入れ、腰の後ろから銀色の手錠を取り出した。玲子がたじろぎ、数歩後ずさった。

「待ってよ。わたし、ほんとに覚醒剤を買った覚えもないし、使ったこともないのに」

「けど、現にこの店の中にパケが六つも見つかったんだ。ほかの四パケは、お股にでも注射《ズケ》たんだろ？　えっ！」

百面鬼が急に大声を出した。玲子が竦み上がった。

「早く裸になって、注射痕がないことを証明したほうが利口だよ」

「それは逮捕状を見てから……」

「世話焼かせやがる」

百面鬼がもどかしがって、懐からニューナンブM60（現在は使われていない）を引き抜いた。銃口はママの胸部に向けられた。

「ま、まさか、それで撃つ気なんじゃないでしょうね!?」

「このリボルバーは撃鉄がイカれてて、よく暴発するんだ。それで死んだ奴が二人、いや、三人いるな。けど、おれは始末書を書かされただけだった」

「わかったわよ。脱ぐわ、脱げばいいんでしょ」

玲子が不貞腐《ふてくさ》れた顔で言い、帯締めを緩めた。抹茶色の帯が解かれ、綸子《りんず》の着物が脱ぎ捨てられた。

玲子は長襦袢《ながじゅばん》と腰の湯文字《ゆもじ》の紐をほどき、前を大きく拡げた。肉感的な肢体が眩しかった。和装用の下穿きはつけていない。豊かな乳房は吊鐘型で、恥丘の翳《かげ》りは短冊の形に近かった。脚はすんなりと長かったが、ほどよく肉が付いている。

「それじゃ、よく見えねえな。全部脱いじゃってくれ。白足袋《しろたび》もな」

百面鬼が言った。

玲子が脹《ふく》れっ面で、高そうな草履を蹴るように脱ぎ捨てた。両足の足袋を脱ぎ、身にまとっているものをすべて取り除いた。長襦袢と湯文字は、ソファの背凭れに掛けられた。

百面鬼が玲子の足許にしゃがみ込み、銃身で内腿を軽く叩いた。

「もっと脚を大きく開いてくれねえか」

「このままでも見えるでしょ」

「いや、よく見えねえな」

「変なことしないでよね」

玲子が釘をさし、脚を拡げた。

「腿に注射の痕はねえな」

「当たり前よ」

「ちょっとヘアを掻き上げてくれねえか」

「いやよ、そんなこと」

「繁みの中や局部もチェックしねえとな」

「いい加減にしてちょうだいっ」

「じっとしてねえと、拳銃が暴発するぜ」

百面鬼が急《せ》かした。

玲子が舌打ちして、手で自分の陰毛を掻き上げた。赤い輝きを放つ部分が照明に照らし出された。フリルのような肉片は長かった。縁のあたりは、だいぶ色素が濃い。縦筋は捩《よじ》れている。

「だいぶ使い込んでるな。あんまり酷使すると、どどめ色になっちまうぞ」

百面鬼が笑いながら、ママをからかった。

「そんなところまで覗く必要はないでしょ！」

「それがあるんだよ。花びらの内側に注射《ズケ》る女もいるからな。ちょっと開いてみてくれねえか」

「ええっ」

「恥ずかしいんだったら、銃口で掻き分けてやろうか？」

「触れないで！　自分でやるから」

玲子が首を振って、指で合わせ目を割った。百面鬼は玲子の股ぐらに頭を突っ込み、サングラスをずらした。その目は、襞《ひだ》の奥に注がれていた。

「遊びの時間は、これぐらいにしておこう」

見城は百面鬼に声をかけた。

百面鬼がにやついて、おもむろに立ち上がった。

「あんたたち、何を言ってるのよ!?」

玲子が見城と百面鬼の顔を代わる代わる見た。見城は先に言葉を発した。

「実は、あんたのパトロンに用があるんだよ。明光建工の国生社長のことさ」

「いったい何者なの⁉　あんたたち、偽刑事なんじゃないのっ」

「サングラスの旦那は現職だよ。おれは元刑事だ」

「パパを誘《おび》き出すため、わたしに濡衣《ぬれぎぬ》をおっ被《かぶ》せようとしたのね！」

「濡衣？　それは違うだろうが。この店で、現職刑事が覚醒剤《シャブ》のパケを押収したことは紛《まぎ》れもない事実だ」

「ふざけないでよ。あんたたちが仕組んだことじゃないのっ」

玲子が色をなした。

「人聞きの悪いことを言うなよ。相棒の現職警察官がそんなことをするわけないだろうが。誰がそんな話を信じる？」

「あくどい連中ね」

「あんたのパトロンは、もっとあくどいことをしてるようだぜ」

「パパがどんな悪いことをしたって言うのっ」

「後でわかるさ。国生は携帯電話を使ってるな？」

「そうだけど、それがなんだって言うのよ！」

「国生に電話して、すぐにここに来るよう言うんだ」

「そんなこと、無理よ。彼はビジネスで、すっごく忙しいんだから」

「覚醒剤の所持で、新宿署ホテルに泊まることになってもいいのか？」

見城は、切れ長の目に凄みを溜めた。

「冗談じゃないわ」

「東京に護送されたくなかったら、早くパトロンに電話するんだな」

「どう言って、パパを呼び出すのよ？」

「無銭飲食の客に居坐られて、困ってるとでも言うんだな」

「そんなことで、あの男、来てくれるかしら？」

「来てくれなかったら、別れるとでも言うんだな」

「わかったわ。パパに電話してみるわよ。でも、その前に着物を羽織らせて」

玲子が言った。

「国生が店に来るまで、そのままでいてもらう」

「落ち着かないわ、素っ裸じゃ」

「いいから、こっちの言う通りにしてくれ」

見城は玲子の片腕を取って、カウンターの前まで歩かせた。

玲子が歩くたびに、香水の甘い香りが揺れた。香水はゲランだった。

見城はカウンターに置かれた白いクラシカルなファッション電話機を引き寄せた。

玲子が受話器を摑み上げ、ダイヤルを回した。見城は受話器に耳を近づけた。

電話が繫がった。

「こんな時間に、ごめんなさい。お店で困ったことが起きてるの」

「何があったんや？」

「柄の悪い男がお店でさんざん飲んだ揚句、お金は一銭も持ってないって開き直ってるの」

「そいつ、極道なんか？」

「そうじゃないと思うけど、とにかく乱暴な奴なの。危険なんで、お客さまとお店の連中は先に帰したんだけど」

「ほなら、玲子ひとりなんか？」

「ええ。だから、怖くて怖くて」

「よしゃ、すぐ行ったる。三十分以内には、行けるはずや」

男が慌ただしく電話を切った。玲子も受話器を置いた。

「なかなか芝居がうまいじゃないか」

「あんたたち、パパを甘く見ないほうがいいわよ。彼は超大物政治家を知ってるの。あんまり無茶なことをパパに言ったら、とんでもない目に遭うから」

「国生は政財界人だけじゃなく、暴力団とも繫がってるようだな？」

「ええ、組長クラスの人たちを何人も知ってるはずよ。下手したら、あんたたち二人は……」

「殺されることになるってか。そいつは楽しみだ」

見城は左目を眇《すが》め、玲子をカウンターに最も近いソファに腰かけさせた。玲子は坐ると、胸と股間を手で隠した。

見城は百面鬼に歩み寄り、低く語りかけた。

「国生は三十分以内に来ると言ってた。しかし、その前に荒っぽい奴を送り込んでくるだろう」

「ああ、おそらくな。おれが先手を打って、そいつを押さえよう」

「頼むぜ」

「任せとけって。それにしても、時間が中途半端だな。残ったナポレオンでも飲むか」

百面鬼がボックスシートに腰を落とし、酒壜を摑み上げた。両脚をテーブルの上に投げ出し、ナポレオンをラッパ飲みにした。

見城は玲子の近くのソファに坐り、煙草に火を点けた。

「わたしにおかしなことをしたら、二人とも伊勢湾に沈められるわよ」

玲子が憎々しげに言った。見城は嘲笑しただけで、まともに取り合わなかった。

二十分ほど経ったころ、百面鬼がさりげなく立ち上がった。ナポレオンの空き壜を手にして、店から出ていった。

「もうひとりの男、どこに行ったの？」

玲子が不安そうな顔で問いかけてきた。

「急に夜風に当たりたくなったんだろう」

「嘘だわ、そんなの。あんたたち、また卑怯な手を使うつもりなんでしょ！」

「すぐにわかるさ」

見城は薄く笑った。

その直後、店のドア越しにガラスの砕ける音がした。男の呻き声も聞こえた。

ややあって、ドアが開いた。百面鬼は頭から血を流している三十歳前後の男の利き腕を捩《ねじ》上げながら、悠然と店内に戻ってきた。

男は明らかに筋者だった。左の頬から顎まで、刀傷が斜めに走っていた。

見城は立ち上がって、無言で男の股間を蹴り上げた。男が唸って、その場に頽れそうになった。百面鬼が男の体をしゃんとさせ、短い手鉤を差し出した。

「ベルトの下に、こいつを挟んでやがった」

「匕首より目立たないからだろう」

見城は手鉤を受け取るなり、男の口の中に先端部分を突っ込んだ。男の顔が引き攣った。

「国生に頼まれたんだなっ」

「…………」

「頰に穴空けられたいらしいな」

「そうだがね、国生さんに頼まれたんだ」

「名古屋のチンピラか。国生は、どうした？」

「後で、ここに来る言うとりゃしたけど」

「腹這いになれ！」

見城は命じた。

男が膝をカーペットにつき、腹這いになった。次の瞬間、百面鬼が無造作に男の肩の関節を外した。男が獣じみた唸り声をあげながら、転げ回りはじめた。

見城は屈み込んで、男に当て身を浴びせた。男は呆気なく悶絶した。

「ぼちぼち本命が来るんじゃねえか」

百面鬼が小型リボルバーを引き抜いて、金モールで飾りたてられた黒い扉の横に立った。ドアの陰になる場所だった。

見城は玲子を立ち上がらせ、出入口からよく見える位置まで歩かせた。手銁の爪を玲子の肩口に当て、彼女の背後に立った。

数分後、ドアが乱暴に押し開けられた。店に飛び込んできたのは背広姿の国生だった。

『長谷川』で見た服と同じだ。

「何してるんや！」

国生が目を剝いた。

見城は小さく笑った。百面鬼が横に動き、国生の側頭部に銃口を押し当てた。国生が全身を強張らせた。顔面蒼白だった。

「歩けや、おっさん」

百面鬼が顎をしゃくった。国生が黙ってうなずき、玲子のすぐ前まで歩《ほ》を進めた。

「パパ！　なんとかして」

「なんぞ悪さされたんか？」

「ううん、変なことはされなかったわ。ただ、裸にされて……」

玲子が涙声になった。国生が気を失っている男に目をやって、溜息をついた。

「運が悪かったな」

見城は玲子を横に押しのけ、手鉤の柄を自分の掌に打ち当てた。

「わしに恨みでもあるんか？　おまえらとは一遍も会うたことないけどな」

「個人的な恨みはないが、あんたに直《じか》に確かめたいことがあるんだよ」

「なんや？　早《はよ》う言いてみぃ」

「あんたは中部国際空港建設の工事受注を狙って、いろいろ根回ししてるよな。今夜は、『長谷川』って料亭で、元運輸（現・国交）大臣や三重県出身のベテラン国会議員、それから空港運営会社の社長や副社長をもてなしてた。おそらく、それぞれに相当額の車代を渡したんだろう」

「なんで、そないなことを知っとるんや⁉」

国生が目を丸くした。

「ゼネコン業者がおいしい仕事を欲しがること自体は、別に悪いことじゃない。しかし、そのやり方が汚すぎる。あんたはブロンド美人を使って、大手ゼネコン六社の役員たちをスキャンダルの主役にし、談合組織『睦友会』潰しを企《くわだ》てた」

「なに言うてんのや⁉」

「黙って聞け！　その上、あんたは贈賄の事実を知った東京のフリージャーナリスト榊原充を犯罪のプロか誰かに絞殺させ、その死体を横浜市磯子区の宅地造成地に遺棄させた。そうだなっ」

「めちゃくちゃ言いよる。わしは政財界の偉いさんたちに飴玉配っただけや。『睦友会』に何か仕掛けたこともないし、なんとかいうフリージャーナリストを始末させたこともないわ」

「殺された榊原があんたの周辺を探ってたことは、ほぼ間違いないんだっ」

見城は声を張った。

「そない言われても、知らんもんは知らん。名古屋地検特捜部が、うちとこの会社に目ぇつけてることは感じ取ってたけどな」

「とぼけ通す気なら、こっちにも考えがあるぞ」

「とぼけてんやない。ほんまに知らんのや。土砂の利権欲しゅうて、うちとこが駆けずり回ってんのは確かやけどな」

国生が言った。

「あんたが正直者とは思えない。そこで気絶してる男を差し向けた奴だからな」

「わし、正直なこと言うてるがな。なんで、信じてくれへんのや？」

「体に訊いてみよう」

見城は言うなり、国生の肩口に手鉤を浅く打ち込んだ。

国生が手鉤を跳ね上げ、傷口に手を当てた。指の間から、すぐに血糊《ちのり》があふれた。

国生が痛みに顔をしかめ、その場にうずくまった。

「もうやめて！」

玲子が国生に駆け寄り、パトロンの血塗れの手に自分の手を重ねた。

「ひどいやないか。わし、嘘なんか言うてへんのに」

「信じてやろう。どうやら早とちりだったらしい」

「あんた、ゼネコン業界のこと、なんも知らんな。『睦友会』は超大物政官財界人と強い結びつきがあるんやで。大手ゼネコン六社がいっつも甘い汁を吸うてるのは癪やけど、準大手や中小ゼネコンが、あの談合組織をぶっ潰せるはずない」

「大手海洋土木業者《マリコン》三社が結託すれば、『睦友会』を潰せるんじゃないのか？」

見城は言った。

「確かに太平洋ビルト、東商鉄工、ウェーブ総設の三社が手ぇ組んだら、かなりのパワーになるやろな。けど、大手ゼネコン六社の団結力には勝てへんやろ」

「そうかな？」

「わしは、そう思うわ。それに、大手ゼネコンと大手マリコンは年中いがみ合ってるわけやない。時には協力し合うてるんや」

「アメリカの巨大ゼネコンも空港島の工事入札の参入を狙って、政府筋に有形無形の圧力をかけてるそうじゃないか？」

「そない話は、わしも聞いとる。政権与党は日本のゼネコン業界と縁切ったら、票も金も集まらん。アメリカの巨大ゼネコンや航空関係企業に小口の発注はするかもしれんけど、メインの共同企業体には入れさせんやろう」

国生が言って、長く呻いた。玲子の白い指も鮮血に染まっていた。

「『睦友会』に恨みを持ってる人物に心当たりは？」

「昔、丸林組の専務をやっとった藤森遼吉《ふじもりりょうきち》は『睦友会』を恨んでる思うわ」

「その藤森という奴は、どんな人物なんだ？」

見城は矢継ぎ早に訊いた。

「〝談合の帝王〟とか〝談合の首領《ドン》〟呼ばれた仕切り屋の超大物だった男で、大手六社の受注をバランスよく塩梅してたんや。けど、典型的なワンマンタイプで、他人《ひと》の意見にはまるで耳を貸さんとかで、『睦友会』の内部でもだんだん疎《うと》まれ、四、五年前に私生活の乱れをマスコミにリークされて、丸林組を退職せざるを得なくなったんや。関西空港建設んときは、暴力団系の土木会社の厭がらせをストップさせて、業界で英雄扱いされたんやけどな。考えてみれば、藤森さんも気の毒なお仁《ひと》や。自分の飼い犬に手ぇ咬《か》まれたようなもんやからな」

「いま現在は、どこでどうしてるんだ？」

「大阪の岸和田で、藤森興業いう小さな産廃処分会社を経営してるいう噂やけど、もう七十一やから、花は咲かせられんやろ」

「ほかに思い当たる奴は？」

「おらんわ。もう堪忍してくれへんか。痛《いと》おて、かなわんねん」

国生が哀願した。玲子も、目で同じことを訴えかけてきた。

見城は血の付着した手錀を遠くに投げ、百面鬼に目配せした。百面鬼がうなずいた。

二人は『ミモザ』を出た。

3

頭が重い。

思考力も鈍っている。ひどい二日酔いだった。

見城は歯磨きをしながら、幾度も嘔吐《おうと》感に悩まされた。

ホテルの洗面室である。とうにチェックアウトの時間は過ぎていた。午後二時近かった。

昨夜、見城は百面鬼と『ミモザ』を出た後《あと》、女子大生小路に繰り出した。二人は、小さなスナックに居合わせた地元のソープ嬢と意気投合した。ソープ嬢に誘われるまま、見城たちは彼女の自宅マンションに上がり込んだ。そこで、本格的な酒盛りがはじまった。

博多から名古屋に流れてきたという二十五歳のソープ嬢は、大変なうわばみだった。焼酎や泡盛を水のように飲み、客人である見城と百面鬼にも盛んに酌をした。

窓の外が白みはじめると、さすがにソープ嬢も酔いが回った。呂律《ろれつ》が怪しくなりながらも、彼女はいかに男運が悪いかを問わず語りに喋りはじめた。

最初に好きになった大学生は、自分の妹にも手をつけたらしい。

そのことで姉妹は気まずくなり、ソープ嬢は高校三年生の春に佐賀の生家を飛び出し、博多のキャバクラで働くようになったという。すぐに店の副店長と恋仲になったが、その男は妻子持ちだったそうだ。

三人目に親しくなった男は、テキ屋の若い衆だったらしい。二年ほど同棲した後、ソープ嬢は別府の芸者置屋に売られてしまったという。表向きは、お座敷コンパニオンということになっていたそうだが、毎晩、客を取らされたようだ。

過酷な暮らしに耐えられなくなった彼女は芸者置屋を逃げ出し、ヒッチハイクで広島に移った。市内の繁華街をうろついていると、ハンサムな長距離トラックの運転手に声をかけられた。

男に惚れっぽいソープ嬢は、その夜のうちに相手のアパートで暮らすようになったという。最初の数カ月は幸せだったらしい。

そのうち同棲相手は仕事をやめ、ギャンブルにのめり込むようになったという。ソープ嬢は二人の生活費を稼ぎ出すため、風俗店で働くようになったらしい。

しかし、同棲相手は部屋にあった有り金を持って、別の女と駆け落ちしてしまったという。

ソープ嬢は何もかも厭になって、ガス自殺を図ったらしい。しかし、死にきれなかったそうだ。そうして、名古屋に流れ着いたという。

ソープ嬢の話は延々とつづいた。

酔いはじめた見城は、どこかうわの空だった。すると、ソープ嬢は熱心に話を聞いていた百面鬼にしなだれかかり、頬ずりをしはじめた。百面鬼は、まんざらでもなさそうな表情だった。見城は気を利かせ、ホテルに戻ってきたのである。

きょうは午前中にチェックアウトし、百面鬼と二人で大阪の岸和田に行くつもりでいた。しかし、この分では大阪入りするのは夕方になりそうだ。

見城は洗面室を出た。

ちょうどそのとき、部屋のドアがノックされた。見城は問いかけた。

「百《どう》さん？」

「見城、おれだよ」

ドア越しに、坂巻の声がした。見城は驚き、すぐにドアを開けた。

「間に合ってよかった。もうおまえはチェックアウトしたんじゃないかと、新幹線の中で、気を揉んでたんだ」

「先輩がわざわざ名古屋に来るとは思わなかったな。何か事態が変わったんですね？」

「そうなんだ。入らせてもらうぞ」

坂巻が部屋に足を踏み入れた。

見城は坂巻をソファに坐らせ、自分はベッドに腰かけた。坂巻が言いにくそうに切り出した。

「勝手な話なんだが、おまえに頼んだ調査を打ち切ってほしいんだ」

「急にどういうことなんです？」

「坪内常務の話によると、きのう、例の脅迫者が直に蜂谷組と東日本林業のトップに、それぞれ役員のスキャンダルをマスコミに流されたくなかったら、『睦友会』から脱けろという脅迫電話をかけたらしいんだ」

「ご報告しませんでしたが、そういう脅迫電話が二社にあったことは確かなようです。知り合いの男から、その録音音声を聴いたという連絡があったんですよ。先輩にお話しするつもりだったんですが、忙しさに取り紛れて、つい……」

「そうだったのか。蜂谷組と東日本林業のトップはすぐに役員に招集をかけて、胸に覚えのある者がいるかと問い詰めたそうなんだ。その結果、該当者の役員が名乗り出たというんだよ」

「二社の役員は、やはりブロンド美人の色仕掛けに？」

「そうらしい。罠を仕掛けた金髪美女は、二人には別の名を使ったそうだが、瞳はステイールブルーで、鼻の両側に雀斑《そばかす》があったと口を揃えてる」

「それじゃ、ほかの四社の役員を嵌めた女と同一人でしょう」

「だろうな」

「で、二社のトップはどんな対処をしたんです？」

見城は先を促した。

「どちらのトップも下劣なスキャンダルが表沙汰になることを恐れて、脅迫者の言いなりに『睦友会』から脱け、他の大手ゼネコンとの談合には応じない方針を取ることに決定したらしい」

「そうですか」

「その話を洩れ聞いた丸林組、五井開発、トミタ住建のトップ陣も該当者を見つけ出して、蒼ざめたというんだよ。で、その三社も『睦友会』から脱け、さらに新空港建設の工事入札を断念すると……」

「自分で何とか火を消し止めようとした三友建設の坪内常務も、ついに進退谷《しんたいきわ》まってしまったわけですか」

「そうなんだ。坪内常務は、会社《うち》の会長と社長にセックス・スキャンダルに陥ったことを正直に打ち明け、辞表を出してきたらしい。わが社も、他の五社と足並を揃えることになるだろうな。当然、会社は坪内常務を慰留しないはずだ」

「そうでしょうね」

「常務は若いころから出世コースに乗って、同期入社組はもちろん、三、四年先輩の社員を飛び越えて、四十代で常務のポストに就いたんだが、昔のツケが回って……」

「株か銅取引に手を出したのかな?」

「いや、不動産投資だよ。常務は役員連中の反対を押し切って、アメリカやオーストラリアのインテリジェントビル、ゴルフ場、ホテルなんかを買い漁ったんだ。しかし、それが裏目に出てしまったんだよ」

坂巻の声には、同情が含まれていた。

「そんな大きなしくじりをやっても、常務のポストを失わなかったのは、どうしてなんです?」

「常務は、それまで会社にずっと大きな貢献をしてきたんだよ。それで、経営首脳陣は坪内常務を格下げにはしなかったんだ。しかし、坪内さんは敗北者のまま、老後を送ることになるんだろうな。残念だよ、実に」

「先輩は、坪内氏にだいぶ目をかけられてたようですからね」

「目をかけられてたというよりも、おれが彼のハードな生き方に憧れてたんだ。坪内さんは最後の企業戦士という感じだったけど、単に会社に利益をもたらすことだけを考えてたんじゃない。他社と競い合うなら、勝者になってみせるという気迫が常に感じられたんだよ。そこそこに出世して、それに見合った給料を貰えればいいという寄らば大樹型のサラリーマンとは大違いだったんだ」

「坪内氏のようなタイプの男は、起業家になるべきだったんだろうな」

「そうだったのかもしれない。そんなわけで、依頼した調査は打ち切ってもらいたいんだ。もちろん、着手金の百万は返す必要はないと坪内さんは言ってた。それから身の振り方が決まったら、改めて見城にお詫びをしたいとも言ってたな」

「詫びなんて必要ありませんが、なんだか気分がすっきりしないな。個人的に調査を続行してもいいでしょ？」

見城は確かめた。

「それはいいが、金にならないぞ」

「ええ、わかってます。しかし、おれは元刑事の探偵なんです。プロの調べ屋の意地がありますからね」

「おまえらしい台詞《せりふ》だな。で、謎の脅迫者の顔は透《す》けてきたのか？」

「ええ、まあ。四日市の明光建工の国生社長が臭いと思ってたんですが、シロだという心証を得ました。それに、新たに別の人物が浮かび上がってきたんですよ」

「それは誰なんだ？」

「かつて丸林組にいた藤森遼吉です。ご存じでしょ？」

「ゼネコン業界で、藤森遼吉のことを知らない者はいないよ。しかし、いまは大阪で細々と産廃処分会社をやってるそうだ。ずいぶん落ちぶれたもんだな」

「おれの調査によると、藤森は自分が仕切ってきた『睦友会』の仲間に裏切られたことで、大手ゼネコン六社にだいぶ恨みを持ってるようなんですよ」

「それは想像がつくよ。そうか、藤森遼吉が『睦友会』潰しを画策した可能性もあるな」

「おれ、大阪に行ってみようと思ってるんです」

「藤森遼吉の身辺を探るときは充分に気をつけろよ。噂によると、いまはもっぱら組関《くみ》係の連中とつき合ってるようだから」

「組の名は？」

「大阪の浪侠一心会《ろうきょういっしんかい》や神戸連合会とつき合いがあるそうだ」

「そうですか」

「おっと、そろそろ東京に戻らないとな。夕方、どうしても顔を出さなきゃならない商談があるんだ」

「そういうことなら、引き留めません」

「見城には迷惑をかけることになったが、これに懲りずに今後ともよろしくな」

「こちらこそ」

「それじゃ、いずれ東京でゆっくり会おう」

坂巻が立ち上がり、あたふたと部屋から出ていった。

見城はソファに腰かけ、ロングピースをくわえた。

半分ほど喫ったとき、だしぬけに部屋のドアが開いた。百面鬼だった。葉煙草《シガリロ》を横ぐわえにしていた。

「昨夜は、よく飲んだなあ。な、見城ちゃんよ」

「百《どう》さんは飲んだだけじゃないんだろう？」

「ぐっふふ。たまにゃ、こういう番狂わせがあってもいいじゃねえか。女がみんな、面喰いじゃ、世の中、不公平ってもんだ」

「喪服プレイでお疲れだろうが、すぐに名古屋を発《た》とう」

見城は言った。

「なんか機嫌がよくねえな。そうか、妬いてやがるのか。当たりだろ？」

「悪いが、女に不自由したことはないんだ」

「けっ、気取りやがって。確かに見城ちゃんは女にモテモテだが、いい男がそういう台詞を口にしちゃいけねえよ。もろに、厭味だからな」

「ちょっと状況が変わったんだ。だから、早く大阪に行きたいんだよ」

「何があったんでえ？」

百面鬼が葉煙草の灰を絨毯の上に指ではたき落とし、ベッドに腰かけた。

見城は坂巻が訪れたことを話し、調査が打ち切りになったと告げた。

「なら、裏ビジネスに専念できるわけだ？」

「ああ」

「そういうことなら、善は急げだ。いや、悪は急げか」

「百さん、ここを出よう」

見城はフィルター近くまで喫いつけた煙草を灰皿に捨てた。百面鬼も葉煙草の火を消す。

二人は部屋を出た。

見城はフロントで追加料金を払った。そのまま、百面鬼と地下駐車場に降りる。

「こっちが先導するから、従《つ》いてこいや」

百面鬼がそう言い、クラウンに乗り込んだ。見城もＢＭＷの運転席に入った。

ホテルの地下駐車場を出ると、覆面パトカーの屋根に赤色回転灯が載せられた。サイレンの音は、かなり高かった。一般車が次々に減速する。覆面パトカーが名神高速道路の一宮ＩＣに向かって、勢いよく走りだした。見城は覆面パトカーを追った。

二台の車は高速で走行し、吹田《すいた》ＩＣから近畿自動車道に入った。堺を経由して、阪和自動車道の岸和田和泉《いずみ》ICで降りる。

見城たちは何度か車を停め、藤森興業の所在地を地元の人間に訊いた。

三人目の男が丁寧に道順を教えてくれた。目的の産廃処分会社を見つけたのは、午後四時四十分ごろだった。

藤森興業は小高い丘に囲まれた場所にあった。

社有地には、プラスチック、金属片、建設残土、コンクリートの塊などが堆《うずたか》く積み上げられている。道路側に、プレハブ造りの二階建ての建物があった。一階は事務所で、二階は作業員の更衣室や休憩室に使われているようだ。

焼却炉の煙突から黒煙が立ち昇っている。異臭があたりに漂っていた。車のタイヤを燃やしているのだろう。敷地内には、圧縮機や粉砕機が設置されている。クレーンやユンボもあった。数人の作業員が気だるそうに働いていた。

見城たちは車を近くの野原に駐め、藤森興業の前に戻った。

ちょうどそのとき、建設残土を満載した三台のダンプカーが次々に産廃処分場の中に入っていった。車体には、関西新土木の社名が見える。神戸ナンバーだった。

「百《どう》さん、関西新土木って社名に何か思い当たる?」

見城は訊いた。

「どっかで聞いた社名だな。おっ、思い出したぜ。神戸連合会の企業舎弟の新興ゼネコンだよ」

「藤森は関西新土木から仕事を回してもらってるんだな」

「そうにちがいねえよ。確か関西新土木は阪神大震災でめちゃくちゃになった神戸地区の復興で急成長した会社だ。本社は三宮《さんのみや》にあるはずだよ」

「おそらく関西新土木は、中部国際空港の利権を狙ってるんだろう。で、かつて談合を仕切ってきた藤森遼吉と手を組んで、大手ゼネコンの談合組織潰しを……」

「双方の利害は一致してるよな。藤森は昔の恨みを晴らせるし、関西新土木は空港島に必要な土砂を納入できるかもしれねえ。うまく動き回りゃ、主体工事の受注も期待できる」

「そうだな。企業舎弟はどこも飴と鞭《むち》を巧みに使い分けて、中央省庁の高級官吏や政財界人との繋がりを深めてる」

「準大手や中小ゼネコンに脅しをかけることぐらいは朝飯前だから、大手六社が入札を見送るということになりゃ、大口の受注も夢じゃねえ」

百面鬼が言って、葉煙草をくわえた。

そのとき、プレハブの建物から七十年配の男が出てきた。頭がすっかり禿《は》げ上がっているが、ただの老人ではないだろう。癖がありそうで、頑固に見える。

「失礼ですが、この会社の経営者の方ですか?」

見城は老人に問いかけた。

「なんぞ用かな?」

「そうや」

「おれたち、仕事を探してるんですよ。あれっ、おたくは昔、丸林組にいた方でしょ? おれ、丸林組の孫請けやってた会社で働いてたことがあるんです。おたくは、確か藤森さんでしょ?」

「そうやが、きみとは会《お》うた記憶はないな」

「いま話した会社の社長が、おたくの写真を社長室に飾ってたんですよ」

「そうやったのか。気の毒やけど、人手は足りとるねん。ほかの会社を回ってみなはれ」

藤森が無表情に言い、くるりと背を向けた。

「給料安くてもいいんですよ。なんとか雇ってもらえませんかね」

見城はもっともらしく言った。藤森が首を横に振りながら、プレハブ造りの建物の中に戻る。

「ちょっと張り込んでみようや」

百面鬼が提案した。見城は無言でうなずいた。

4

無線タクシーが停まった。

きっかり午後七時だった。運転手が短くクラクションを鳴らすと、プレハブ造りの建物からスリーピース姿の藤森遼吉が現われた。

見城は百面鬼に目配せして、暗がりに走り入った。百面鬼も物陰に隠れる。

「ご苦労さん！」

藤森が運転手を犒《ねぎら》って、タクシーの後部座席に乗り込んだ。自宅に帰るのか。それとも、どこかで誰かと会うことになっているのだろうか。

タクシーが走りだした。

見城と百面鬼は、おのおの自分の車に駆け寄った。先に発進したのはＢＭＷだった。

覆面パトカーがすぐに追ってくる。

藤森を乗せたタクシーは岸和田和泉ＩＣから阪和自動車道に上がり、大阪市方面に向かった。見城と百面鬼は前後になりながら、タクシーを追尾しつづけた。

藤森がタクシーを降りたのは曾根崎新地《そねざきしんち》の新地本通りだった。見城たち二人は車を路上に駐め、藤森を尾けはじめた。

大阪駅を中心としたこの界隈は、地元ではキタと呼ばれている。有名デパートやオフィスビルが林立し、その背後には曾根崎新地がある。東京で言えば、銀座に当たる繁華街だ。

高級なクラブやバー、料亭、味の老舗《しにせ》が軒を連ねている。江戸時代には、蔵元を相手に栄えていた飲食街だ。この梅田周辺は、いわば大阪の表玄関である。

庶民感覚が色濃いミナミはターミナルの難波を中心に、心斎橋、戎橋《えびすばし》、道頓堀などの繁華街が拡がっている。新宿のように活気のある盛り場だ。

見城は大阪には仕事絡みで何度も来ている。

キタもミナミも、それぞれに味があって面白い。気楽に飲み喰いするなら、道頓堀川の北岸の宗右衛門町《そえもんちょう》あたりだろう。かつて花町《はなまち》として賑わった通りだが、もう料亭は数える程度しかない。

藤森は馴れた足取りで、大手新聞社の裏手にある飲食店ビルに入っていった。

「ここで待っててくれや」

百面鬼が見城に言いおき、藤森の後を追った。

見城は道端にたたずみ、ぼんやりと往来を眺めた。商社マンや銀行員らしい男たちの姿が目立つ。店に急ぐクラブホステスらしき女たちも目に留《と》まった。

十五分ほど経つと、百面鬼が蟹股で戻ってきた。

「藤森は、十階の『インターナショナルクラブ』って酒場に入ったぜ。白人ホステスばかりを揃えた会員制クラブだ」

「白人ホステスばかりの店か」

「大手ゼネコン六社の役員たちは、金髪美女の色仕掛けに嵌められたって話だったよな?」

「そう。ちょっと怪しいな。ひょっとしたら、スーザンと自称してたブロンド美人は、その店のホステスなのかもしれない」

「おれもそう思ったんで、店の看板を磨いてた黒服の坊やに警察手帳《チョウメン》見せて、ちょいと話を訊いてみたんだ」

「金髪の女はいるって?」

見城は早口で訊いた。

「二人いるってよ。ひとりはデンマーク人で、もうひとりはアメリカ人だってさ。けど、二人とも瞳はスティールブルーじゃねえって話だったぜ。それから、鼻の周りに雀斑は散ってねえってよ」

「そう」

「スーザンとかいう金髪女とは、二人とも別人みてえだな」

「とは言いきれないんじゃないのかな。カラーコンタクトを嵌めて、付け雀斑を散らしてたとも考えられるからね」

「なるほど、そうだな」

「三友建設の坪内常務の話だと、スーザン・ロジャックスは頬の肉が薄くて、唇はぼってりしてたらしいんだ」

「それじゃ、おれが店ん中に入って、二人の金髪ホステスの面《つら》見てくるよ。軍資金五、六万出してくれや」

百面鬼がごっつい手を差し出した。

「とか言って、白人ホステスの体にタッチしに行くつもりだな」

「そんなことしねえよ」

「店の中に入るのは、まずいな。百《どう》さんもおれも藤森に見られてるんだ」

「面《メン》が割れてるといっても、おれはグラサンをかけてたし、藤森のおっさんとは言葉を交わしたわけじゃねえぜ。グラサン外して、店に入るよ」

「それでも、わかってしまうだろう。その頭で、派手な身なりしてるからな」

「怪しまれたら、あのおっさんを締め上げりゃいいじゃねえか」

「まだ早いよ。ほかに収穫は？」

見城は問いかけた。

「あった、あったよ。『インターナショナルクラブ』で、藤森は関西新土木の難波猛《なんばたけし》って社長とよく一緒に飲んでるらしいぜ。それから、難波は四十八、九で、一見商社マンふうだって話だったよ」

「やはり、藤森遼吉と関西新土木は深く繋がってるようだな」

「それは間違いねえだろう。問題は、二人の金髪ホステスのどちらかがスーザンなのかどうかだな」

「藤森が店から出てきたら、百《どう》さんはまた手帳ちらつかせて、二人の金髪ホステスに就労ビザか外国人登録証を提示させてくれないか」

「それで、二人の国籍と本名を探ろうってことか」

「いや、それはどうでもいいんだ。二人の頰と唇をよく見てほしいんだよ」

「オーケー、わかった。で、見城ちゃんのほうは藤森のおっさんを尾けるってわけだな？」

「そう。一時間や二時間は、藤森は店から出てこないだろう。おれ、ＢＭＷをこっちに回すよ」

「ああ、そうしてくれや。野郎が二人でこんな所に突っ立ってたら、怪しまれるからな。それにしても、冷えやがるなあ。まだ十一月の上旬だってのによ」

百面鬼が猪首を縮めた。

見城は車を駐めた場所に急いだ。ＢＭＷのエンジンをかけたとき、携帯電話に着信があった。電話の主は帆足里沙だった。

「今夜のパーティーは早く終わりそうなの。十時ごろ、あなたの部屋に行ってもいいかしら？」

「残念だな。いま、仕事で大阪にいるんだ。きのうと一昨日《おととい》は名古屋泊まりだったんだよ」

「そうだったの。そういうことなら、参宮橋のマンションにまっすぐ帰って、膝小僧を抱いて寝るわ」

「おれも淋しいよ」

「東京には、いつ戻ってくるの？」

「二、三日、関西にいることになりそうだな」

「何か大きな調査依頼みたいね？」

「うん、まあ。ある企業から、産業スパイを捜し出してくれって頼まれたんだ」

見城は、言い繕《つくろ》った。嘘をつくことには馴れていた。言葉は滑らかに出た。

「何か危険を伴う調査なんじゃない？」

「そういう心配はないよ。産業スパイと思われる男は天才的なハッカーなんだが、別に背後に荒っぽい組織の影はないんだ」

「それなら、いいけど。絶対に無鉄砲なことはしないでね。あなたに、もしものことがあったら、きっとわたしは……」

里沙が言葉を途切らせた。見城は深刻な空気を軽口で和ませた。

「すぐに別の男に乗り換える？」

「そういう手もあったのね。嘘よ、嘘！」

「一瞬、本気にしそうになったよ。ショックで、目の前が真っ暗になった」

「そんなことをしれーっと言うんだから、見城さんって、本当に悪い男ね。でも、好きよ。東京に戻ったら、連絡してね」

里沙の切なさがひしひしと伝わってきた。一瞬、見城は東京に舞い戻りたい衝動に駆られた。その思いを捩伏《ねじふ》せ、静かに電話を切った。

ＢＭＷを走らせ、百面鬼のいる通りに向かう。車をマークした飲食店ビルの近くに停めると、やくざ刑事が助手席に乗り込んできた。

「別に動きはねえよ」

「そう」

「名古屋のソープのお姐ちゃんのこと、話してもいいか？」

「ああ、どうぞ」

「あの娘がなぜ男に売り飛ばされたり逃げられたりするのか、おれ、わかったよ」

「淫乱すぎるんだろう？」

「真面目に聞けや」

「ごめん！」

見城は素直に謝った。

「あの女、男の世話を焼きすぎるんだよ。トランクスまで穿かせてくれるんだ。それから、歯まで磨いてくれたたな」

「そいつは、やりすぎだね」

「そうなんだよな。一回や二回ならともかく、毎日あんなことをやられたら、うざったくなる。セックス・テクニックは抜群だったけど、一緒に暮らしたくなるような相手じゃねえな」

「家出してから、男に媚《こ》びなきゃ生きていけないような強迫観念に取り憑《つ》かれてしまったんだろう」

「ああ、多分な。気立ても悪くないだけに、なんか惜しい女だったよ」

「百《どう》さんが喪服プレイなんか教え込んだから、余計に男の顔色をうかがうようになるかもしれないよ」

「だとしたら、なんか悪いことをしちまったな」

百面鬼が珍しく殊勝なことを言って、口を噤《つぐ》んだ。二人は相前後して煙草をくわえた。

メタリックグレイのロールスロイスが飲食店ビルの前に横づけされたのは、午後十時ごろだった。見城は何気なくナンバーを見た。神戸ナンバーだった。

助手席から柄の悪い男があたふたと降り、後部座席のドアを恭《うやうや》しく開けた。車から降りたのは、四十八、九歳の商社マンふうの男だった。

仕立てのよさそうな渋いグレイのスーツをきちんと着ていた。ただ、目の配り方が明らかに堅気とは違う。

「野郎、関西新土木の難波社長じゃねえか？」

百面鬼がフロントガラス越しに前方を見ながら、低く言った。

「いま、おれも同じことを言おうとしたんだ」

「そうかい。おそらく、難波だろう。助手席とハンドルを握ってる奴は用心棒《ボディーガード》にちがいねえよ」

「そんな感じだね」

見城は相槌を打った。四十八、九歳の男は、飲食店ビルの中に入っていった。助手席から降りた二十七、八歳の体格のいい男が、商社マンふうの男に影のように寄り添っている。

「あいつが難波猛なら、『インターナショナルクラブ』で藤森と落ち合うことになってやがるんだろう」

百面鬼が言った。

「きっとそうだよ。ロールスロイスのナンバーを控えておこう」

「そうしてくれねえか」

「えーと……」

見城はやや前屈みになって、ロールスロイスのナンバーを手帳にメモした。

そのとき、ロールスロイスが道端いっぱいに寄せられた。ドライバーは車から出てこない。

「いまのメモくれねえか。面パトに戻って、ロールスの所有者の照会をしてくらあ」

百面鬼が手を差し出した。

見城は手帳の一頁《ページ》を引き千切《ちぎ》り、悪党刑事に渡した。

百面鬼がさりげなくBMWを降り、蟹股で遠ざかっていった。

それから間もなく、ビルから逞しい体軀の男が現われた。すぐに彼はロールスロイスの助手席に乗り込んだ。

十分ほど経ったころ、百面鬼がBMWに戻ってきた。

「前のロールスは関西新土木の名義になってる。さっきのグレイの背広《ビロ》の奴は、社長の難波だろう。会社の所在地は、やっぱり兵庫県の三宮だったよ」

「ここで張り込んでるのも、かったるいな。おれが『インターナショナルクラブ』に乗り込んで、藤森と難波らしい奴が一緒に飲んでたら、職務質問《バン》かけて店の外の踊り場にでも連れ出さあ」

「百《どう》さん、そう慌てないでよ。ちょっと締め上げたところで、あの二人が口を割るはずない。ここは慎重にやろうよ」

「それじゃ、ロールスに乗ってる若い衆に職質かけるか。ボディーガードが丸腰なんてことは考えられねえからな」

「そいつも、まずいね」

見城は言った。

「まさかバックの神戸連合会にビビってんじゃねえだろうな。最大の組織といったって、奴らは下手なことはできねえさ。暴対法で、がんじがらめにされてるからな」

「別に神戸連合会にビビってるわけじゃない。多少の証拠固めをしないと、海千山千たちは平気で言い逃れをするからな。そうなったら、後がやりにくくなるじゃないか」

「下手打ったら、そうなるな。もどかしいけど、もう少し奴らを泳がせるか」

百面鬼が自分に言い聞かせるように言って、シートに凭れかかった。

見城はステアリングを抱え込み、飲食店ビルの出入口に視線を投げた。

第四章　消された美人検事

1

ロールスロイスの助手席のドアが開いた。

用心棒らしい若い男が素早く降り、飲食店ビルの中に走り入った。急いだ様子だ。

「難波が帰るようだな」

見城は百面鬼に話しかけた。

「だろうな。見城ちゃん、どっちに賭《か》ける？」

「えっ、なんのこと？」

「難波と藤森は一緒に出てくるか、それとも難波ひとりで現われるか。掛け金は五万で、どうでえ？」

「おれは二人で出てくると思うね」

「いや、別々だろう。多分、おれが五万いただくことになるだろうな」

「きっと勝つのは、こっちだよ。百《どう》さんは博才ないからね」

「いや、きょうはわからねえぞ」

百面鬼が腕を組んだ。

数分経つと、最初に体格のいい男が姿を見せた。その背後には、難波と藤森がいた。

「やっぱり、おれの勝ちだ」

「ちぇっ、ついてねえな。見城ちゃん、負けた五万円、三十年のローンで払うよ」

「いいよ、どうせ払う気なんかなかったんだろうから」

「よくわかってらっしゃる。おれが勝ったら、当然、五万円は即金で貰うつもりだったんだが……」

「それも読めてたよ。それはそうと、二人の金髪ホステスの顔をしっかり見てほしいんだ」

見城は言った。

百面鬼が顎《あご》を引いたとき、ロールスロイスの後部座席に難波と藤森が乗り込んだ。

「別の店に飲みに行くのかもしれねえな。それじゃ、ここで別れようや」

「何かあったら、連絡し合おう」

見城は言った。

ロールスロイスが走りだした。百面鬼が車を降り、飲食店ビルに入っていく。

見城はＢＭＷを発進させた。

ロールスロイスは大阪の市街地を抜けると、西宮《にしのみや》方面に向かった。難波たち二人は、神戸で飲み直すつもりなのか。あるいは、難波の会社で密談でもする気なのだろうか。

見城は細心の注意を払いながら、メタリックグレイの高級外車を追った。交通量は、それほど多くなかった。

ロールスロイスは尼崎《あまがさき》市、西宮市、芦屋《あしや》市を通過し、やがて神戸市内に入った。だいぶ街の復旧は進んでいたが、ところどころに大震災の爪痕が残っている。

ロールスロイスは三宮駅の近くにある北野坂を登りはじめた。異人館が点在する地区で、観光名所にもなっている。坂の途中に立つと、神戸港がよく見える。

坂道に面して、小粋なコーヒーショップやレストランが並んでいるが、営業中の店は少なかった。ロールスロイスは北野通りを突っ切り、風見鶏《かざみどり》の館のある方向に進んだ。

その洋館は明治四十年代に建てられた本格的なドイツ風建築で、屋根の上には魔除けも兼ねた風見鶏が飾られている。旧トーマス邸として有名で、ほかの異人館と同様に無料で一般公開されているはずだ。

ロールスロイスは、風見鶏の館の先に建つ白堊《はくあ》の洋館の敷地に入った。アメリカのホワイトハウスを摸した館で、割に新しい。神戸連合会がゲストハウスとして使っているのだろうか。三階建てだ。

見城は白い館を素通りして、百メートルほど離れた裏通りにBMWを駐めた。

怪しい洋館の前まで戻る。車寄せには、十数台の高級車が並んでいた。神戸ナンバーの車ばかりではない。大阪、京都、奈良ナンバーも混じっている。

見城は洋館の横に回り、鉄柵の隙間から邸内を覗き込んだ。

庭に見張りらしき人影は見当たらない。しかし、五つも防犯カメラが設置されていた。

見城は洋館の窓を一つずつ見た。

一階の窓は、すべてカーテンで閉ざされている。しかし、二階の窓は幾つか白いレースのカーテンが引かれているだけで、ドレープカーテンは払われていた。

だが、下から二階の窓を覗き込むことはできない。見城は周囲を見回した。

すると、近くに樫《かし》の大木があった。

見城は、その巨木に歩み寄った。靴を脱ぎ、よじ登りはじめる。子供のころ、木登りは得意だった。二メートルほどの高さに、太い枝がほぼ水平に張り出している。

見城は片足を太い枝に掛け、背筋を伸ばした。

二階の中央の大きな窓から、室内をうかがう。サロン風の造りの部屋には、ルーレット台が見えた。黒服のディーラーの肩越しに、藤森の顔が見える。にこやかに笑っていた。両手にはチップを握っている。

藤森の横には、中高年の男たちがいた。その間をバンケットガールたちが泳ぎ回り、水割りウイスキーやワインを配っている。

ここは、どうやら違法カジノらしい。神戸連合会が遊び好きなリッチマンたちをカモにしているのだろう。招待客の藤森には、ディーラーが目配せか何かして、わざと勝たせてやっているにちがいない。

見城は、ルーレット台のある部屋を覗きつづけた。

少し経《た》ってから、難波と思われる商社マンふうの男が視界に入った。彼と談笑しているのは、新国際空港の運営会社の副社長だった。元運輸（現・国交）省の高級官僚だ。

副社長には、栗毛の美しい白人女性が寄り添っていた。光沢のある象牙色のイブニングドレスを着ている。

しかし、どことなく気品がない。おそらく栗色の髪の女は高級娼婦《しょうふ》の類《たぐい》なのだろう。今夜、副社長に抱かれるにちがいない。

坪内たち大手ゼネコン六社の役員を次々にセックス・スキャンダルの主役に仕立て、実質的に『睦友会』を解散させたのは、関西新土木の難波社長と談合の元仕切り役と考えてもよさそうだ。

大手ゼネコン六社の工事入札を断念させれば、手強いライバルは大手海洋土木会社《マリコン》の三社だけだ。いずれ藤森たち二人は、太平洋ビルト、東商鉄工、ウェーブ総設の役員も罠に嵌める気なのだろう。もしかしたら、すでに完了済みなのかもしれない。

準大手ゼネコンの誠和建設、共進土木、太陽住建は神戸連合会の代紋入りの名刺をちらつかせるだけで、震え上がって空港島工事の受注を諦めるだろう。それ以下の中小ゼネコンやマリコンは取るに足らない存在だ。

関西新土木は藤森と結託したことで、主体工事を請け負えると皮算用している最中なのではないか。これまでの流れから考えて、フリージャーナリストの榊原充を葬ったのは神戸連合会の企業舎弟と思われる。

難波はいつも用心棒に身辺をガードさせているだろうから、藤森を痛めつけるほうが手っ取り早い。元仕切り屋のボスが洋館から出てくるのを辛抱強く待つことにした。

見城は静かに樫の木から降りた。

靴を履き終えたとき、複数の足音が響いた。

敵だ！　見城は直感した。振り向きかけたとき、背中に硬い物を押し当てられた。銃口よりも、二回りは大きい。消音器の先端だろう。

「ここで何しとったんや！」

背後で、男の濁声《だみごえ》が響いた。

「立ち小便してたんだよ」

「木に登って、小便するんかっ。正直に白状せんと、頭《どたま》吹っ飛ぶで」

「高い所から小便するのが好きなんだ」

見城は言いながら、半歩前に出た。

反撃の気配を覚《さと》られたのか、左横の繁みから人影がぬっと現われた。角刈りの若い男だった。二十六、七歳だろうか。

男は、銃身を短く切り詰めた散弾銃《ショットガン》を手にしていた。型《タイプ》から、アメリカ製のイサカの銃とわかった。

「兵庫県警や大阪府警の刑事やないな。東京者《もん》か？」

後ろの男が訊いた。

「ああ、そうだ。神戸には観光で立ち寄ったんだよ。それで、夜の異人館を見物したくて、この付近を散歩してたんだ」

「両手を高う挙げて、そのまま地べたに坐るんや」

「おれは怪《たこ》しい者じゃない」

「こら、神戸連合会をなめとんのかっ」

前にいる男が吼え、イサカの銃口を見城の胸に突きつけた。

「わかったよ」

見城は言われた通りにした。冷たい地べたに尻《しり》を落とすと、背後の男が中腰になった。

武器を所持しているかどうか、確かめる気になったのだろう。消音器付きの自動拳銃を握った
見城は肘で相手の太腿を打ち、敏捷に立ち上がった。

男は、体のバランスを崩している。反撃のチャンスだ。

前蹴りを放とうとしたとき、見城の顎に散弾銃の銃口が押し当てられた。

「死にとうなったんか。ええ根性してるやんけ」

イサカを持った男が引き金に指を深く絡めた。見城は動けなくなった。

もうひとりの角刈りの男が自動拳銃の銃把《グリップ》を両手で握りしめた。シグP210だった。

「どこの誰や？　早《はよ》う言わんと、ほんまに拳銃《チャカ》使うで」

角刈りの男が苛立《いらだ》たしそうに言った。

「さっき旅行者だと言ったはずだ。同じことを何度も言わせせんなよ」

「なんやと!?」

「通してくれ。おれは、もう散歩をやめることにした」

見城は言った。

数秒後、かすかな発射音がした。圧縮空気が洩れるような音だった。放たれた銃弾は、見城の足の間にめり込んだ。土塊《つちくれ》が飛び散る。

「銃声、ほとんど聞こえんかったやろ。ここで何発ぶっ放しても、何も問題ないんや。言うてる意味、わかるやろ?」

角刈りの男が言った。

「ああ。本当のことを言おう。おれには悪い癖があるんだ」

「悪い癖やて? 何なんや?」

「おれは他所《よそ》の家を覗き見しないと、安眠できないんだよ。だから、旅行先でもこうして覗き見してるんだ」

見城は、とっさに思いついた言い訳をした。

角刈りの男が怒りを露にして、二メートルほど退がった。本気で撃つ気になったらしい。

イサカを手にした男も、少し後退した。返り血を浴びたくないと思ったのだろう。

「テンカウントとるまで、覚悟を決めるんやな」

角刈りの男が消音装置付きのシグP210を構えながら、カウントしはじめた。

八まで数えられたとき、路上で警報ブザーがけたたましく鳴り響きはじめた。二人の男が狼狽し、銃器を背の後ろに隠した。

ひとまず逃げたほうがよさそうだ。

見城は角刈りの男を飛び膝蹴りで倒し、もうひとりの男に横蹴りを放った。シグP210は暴発しなかったが、イサカから九粒弾が扇の形に放射された。

幸いにも、見城は被弾を免れた。

急いで白い洋館の前に走り出る。人影はなかった。いつの間にか、警報ブザーも鳴り熄《や》んでいた。

見城はBMWを駐めてある場所とは逆方向に走りだした。

二人の男が路上に飛び出してきた。追ってくる気らしい。

見城は意図的に変則的に走った。

いつしか追っ手の足音も怒声も聞こえなくなっていた。見城は大きく迂回して、自分の車に戻った。ドア・ロックを解いたとき、暗がりで人影が動いた。

影は一つだった。角刈りの男か。それとも、イサカを暴発させた男のほうなのか。

見城は少し緊張した。

「痴漢撃退用の防犯ブザーが役立ったみたいね」

暗がりの奥で、若い女の声がした。聞き覚えがあった。見城は、すぐに問いかけた。

「その声は、名古屋地検特捜部の女検事さんだな。そうなんだろう？」

「ええ、そうよ」

草刈聡美が姿を見せた。砂色のスーツの上に、白っぽいコートを羽織っている。

「これで、こないだの借りはお返ししたわよ」

「なぜ、きみが神戸にいるんだ⁉」

「その質問には、お答えできないわ。職務上の秘密なのでね」

「まさか名古屋から、おれを尾けてきたんじゃないだろうな」

「どうして、そうお思いになるの？」

「根拠も理由もない。なんとなくそう思っただけだよ」

「あなたのこと、少し調べさせていただいたわ」

「匕首に付着してた指紋から、おれのことを割り出したんだな。きみの言葉を信じたおれがばかだった……」

「いいえ、それは誤解よ。あの匕首はパトカーが到着する前に、ちゃんと処分したわ。

あなたのことは、この車のナンバーから……」

「そうだったのか。それで、どこまで調べ上げたんだ？　氏名、現住所、本籍地だけじゃないんだろうな」

見城は言った。

「事後承諾になりますけど、簡単な身許調べもさせてもらいました。見城さんは昔、赤坂署にいらしたのね。そして、現在は探偵をなさってる。それで、間違いはありませんよね？」

「ああ。名古屋の二人組は、まだ捕まってないようだな」

「ええ」

「あの夜、きみは明光建工の国生社長をマークしてたんだろう？」

「その質問にも、やっぱりお答えできないわ」

「優等生なんだな。だから、その若さで特捜部の検事になれたんだろう」

「その種の皮肉や厭味は、さんざん言われつづけてきました。だから、ちっとも応えないわ」

「ご立派だ。ご尊敬申し上げるよ。冗談はともかく、きみの狙いをストレートに言ってくれ。ここで待ってたのは、逆ナンパしたくなったからじゃないはずだ」

「ええ、その通りです。わたしたちは同じ事件を調べてるんじゃないかと思ったの。それなら、情報交換できるかもしれないと考えたわけですよ」

「なるほど、そういうことか。きょうはバイクじゃなさそうだな」

「ああ、やっぱり見城さんに尾けられてたのね」

　聡美が微苦笑した。

「三宮まで地検の車で来たの？」

「いいえ、新幹線と電車を乗り継いで三宮まで……」

「ということは、白い洋館を内偵中だったわけだな」

「情報交換は深夜レストランかどこかでやりましょうよ」

「どこか適当な店を知ってる？」

「ニューポートホテルの並びに『ハーバーライト』ってお店があるの」

「よし、その店に行こう」

　見城は助手席に美人検事を乗せ、ＢＭＷを走らせはじめた。

　北野町を下《くだ》る。フラワーロードをたどって、神戸港に出た。深夜レストランは海岸通りに面していた。

　趣《おもむき》のある店だった。店内は広かったが、客は三組しか入っていない。

二人は奥のテーブル席に落ち着き、スコッチの水割りと数種のオードブルを注文した。オーダーしたものが運ばれてくるまで、見城と聡美はほとんど言葉を交わさなかった。

二人は水割りのグラスを軽く触れ合わせた。

半分ほど一息に呷ると、見城はさっそく本題に入った。

「きみは二〇〇五年に開港予定の新国際空港の工事入札に絡む汚職を摘発する気でいるんだろう？」

「ええ、そうよ。どんなビッグプロジェクトも同じでしょうけど、ゼネコン業者は仕事欲しさに有力な政官財界人を取り込もうと接待と賄賂工作を考える。今度の新空港建設も例外じゃなかったわ」

「ゼネコンはもちろん、海洋土木業者《マリコン》も利権を得ようと派手な根回しをしてるんだろうな」

「ええ。大手から中小企業まで、やってることは同じね。関係省庁の役人たちはちゃっかり、ほとんどの企業の接待を受けて、お車代まで貰ってたわ」

「悪ずれしてる高級官僚が増えてるからな。悪徳政治家顔負けのエリート役人もいるんだろう？」

「ええ、何人もいるわ。できれば、すべての汚職を摘発したいけど、そんなことはとても無理……」

「だろうな。で、きみは派手な贈賄をしてる明光建工をマークしてたってわけだ？」

「ええ、まあ」

聡美が曖昧に答え、グラスを口に運んだ。

「そんなきみが三宮に来たのは、関西新土木がもっと派手な賄賂工作をしてると睨んだからなんだろう？」

「否定はしません。今度は、見城さんがカードを見せる番よ」

「おれは大手ゼネコンの某社から依頼されて、各社の水面下の動きを探ってたんだ」

「それだけ？」

「ああ、それだけだよ。それ以上のことをやったら、消されてしまうかもしれないからな。ほら、東京のなんとかっていうフリージャーナリストの絞殺体が横浜の宅地造成地に遺棄されてた事件があったじゃないか。その男は、新国際空港建設を巡る利権争奪戦を取材してたらしいんだ」

見城は言ってから、すぐに悔やんだ。女検事が怪訝《けげん》な顔つきになったからだ。

「その話は、まだマスコミには流されてないはずよ。どこから、情報を入手したんです？」

「警察学校の同期生が各所轄署に散らばってるんだ。それで……」

「あなた、本当は殺されたジャーナリストのことを調べてるんじゃない？」

「私立探偵が刑事事件に首を突っ込めるわけないじゃないか」

「確かに単独捜査、いいえ、単独調査には限界があるでしょうね。でも、元刑事のあなたなら、犯人捜しもできなくはないわ。ね、正直に話して！」

「きみは、フリージャーナリスト殺害事件にも興味を持ってるようだな」

「実は、殺された榊原充というフリージャーナリストはわたしをぴったりマークしてたんですよ」

「えっ、そうだったのか」

「彼は、わたしの内偵で何か大きなヒントを得たようなの。まるでストーカーみたいにわたしの後を追ってた榊原さんが、少しずつ離れていったんです。それから何日かして、彼は殺されてしまったの。きっと榊原さんは大きな犯罪の尻尾を摑んだにちがいないわ」

　聡美がそう言い、下唇をきつく嚙んだ。

　榊原の知り合いであることを美しい女検事に打ち明けるべきなのか。見城は迷いはじめた。

そのことを話せば、榊原の事件に関する手がかりは得られるだろう。

しかし、その場合は犯人を強請ることができなくなる。『睦友会』を解散に追い込んだ人間が榊原を始末させた疑いが濃い。

これだけ大きな恐喝材料は、めったに摑めるものではない。

うまくすれば、数十億円の口止め料を脅し取れるだろう。そうなれば、榊原の病弱な妻と遺児の彩花に少しまとまった香典を渡せる。通夜には、たったの二万円しか香典を包んでいない。

「ねえ、どうなの？　榊原さんの事件を調べてるんでしょ？」

「いや、それはきみの勘繰りすぎだよ。しかし、元刑事としては、個人的な関心はあるな。きみは、どこまで調べたんだ？」

「狡いわ、見城さんは」

「どうして？」

「そうやって、わたしから何かを探り出す気なんでしょ？　あまり飲めるほうじゃないんだけど、ウイスキーの水割りの一杯や二杯じゃ、酔っぱらいません」

「きみのような美人をとことん酔わせてみたいね。どんどん飲んでくれないか」

「いえ、その手には引っかかりませんよ。わたしを酔わせて、榊原さんのことを喋らせようとしてるんでしょ？」

「いや、ホテルに連れ込もうと考えてるんだ」

「笑えないジョークね。どんなに酔っぱらったって、ちゃんとチェックインしたホテルにひとりで帰ります」

「きみは、白い洋館を遅くまで張り込むつもりだったんだろう？」

「ええ、まあ。でも、今夜はもう張り込みはできなくなっちゃったわ」

「おれのせいだな。お詫びに酒を奢るよ。好きなだけ飲んでくれ」

「なんだか後が怖そうだな。そういえば、あなた、どこに泊まるの？」

「ホテルは予約してないんだ。酔いが回ったら、車の中で仮眠するさ」

「それじゃ、もう一杯おつき合いするわ」

「一杯と言わず、十杯でも二十杯でもつき合ってくれないか。そうすりゃ、きみと一緒にメリケン波止場から日の出を眺められる」

「気障《きざ》ね」

「そうだな」

　見城は笑って、煙草をくわえた。

2

霧笛が聞こえる。

どこか哀愁があった。午前四時過ぎだった。見城たちは、まだ深夜レストランにいた。いつからか、客は二人だけになっていた。

「すっかり深酒をしてしまったわ」

聡美が肩を竦《すく》め、ほっそりとした白い両手で頬を挟んだ。女っぽい仕種だった。

「もっと飲めよ。たまには、へべれけに酔っぱらったほうがいい」

「ううん、もう限界です。水割りを七杯も飲んでしまったのね。顔、赤くない？」

「目許がほんのりと……」

「なんだか恥ずかしいわ」

「色っぽいよ。検事にしておくのはもったいない。きみなら、大女優になれる」

「見え透いたことを言っても、もう何も喋りませんよ」

「きみは優秀な検事だね。肝心なことは、決して漏らさなかった」

「見城さんこそ、ガードが固かったわ。もう少し情報を提供してもらえると思ってたんだけど」

「おれの台詞を取らないでくれ」

二人は顔を見合わせ、ほほえみ合った。

「さて、そろそろホテルに戻らなければ」

「ホテルはどこなの？」

見城は訊いた。聡美がホテル名を口にした。

そのホテルは元町駅の斜め前にあった。見城も一度泊まったことがある。

「ね、割り勘にして。他人に奢られるのは好きじゃないの」

「おれも同じなんだ。きみには怒られそうだが、相手が女性の場合は特にね」

「いまどき、そういうのは流行らないいんじゃない？」

「確かに時代遅れの考え方だろうな。しかし、流行を考えながら、生きてるわけじゃないんでね。また、気障なことを言ってしまったな」

「でも、赦すわ。あなたには、そういう台詞が似合うから」

「富士には月見草、おれには気障が似合うってわけか」

「太宰《だざい》、好きなの？」

「いや、特に興味はないな。きみは太宰治ファンなのか？」

「ううん、別に。司法試験をめざして猛勉強してたころのボーイフレンドが、熱烈な太宰ファンだったの」

「それで、無理矢理に太宰の小説を読まされたんだな」

「ええ、そうなの。しつこく感想を訊かれたんで、正直に『作者は気取り屋の甘ったれね』って言ったら、ものすごく怒って、わたしから遠ざかっていったわ」

聡美が笑いながら、そう言った。

「それが最初のロストラブか」

「ううん、三度目の失恋物語よ。わたしって、かわいげのない女なんでしょうね」

「そんなことはないよ。充分にかわいいし、大人の魅力もある」

「ありがとう」

「ただし、あくまでも割り勘を主張するなら、最初に言ったことは訂正するぞ」

見城は立ち上がって、そそくさと支払いを済ませた。

「それじゃ、きょうだけ、かわいい女になることにします。ご馳走さま！」

「かわいい、かわいい！」

「大人をからかわないで」

二人は軽口をたたき合いながら、深夜レストランを出た。

そのとき、目の前を青いキャデラック・セビルが低速で通りかかった。

車内には、見覚えのある二人組が乗っていた。角刈りの男と短く切り詰めた散弾銃を持っていた男だ。助手席に坐っている角刈りの男が見城に気づき、仲間に何か叫んだ。

キャデラック・セビルが急停止した。

助手席のドアが開き、角刈りの男が降り立った。消音器付きの自動拳銃を手にしている。男は両手保持で、立射《スタンディング・ポジション》の姿勢をとった。

「伏せるんだ！」

見城は美人検事を屈ませ、自分も片膝を落とした。

次の瞬間、深夜レストランの嵌め殺しのガラスが撃ち砕かれた。二弾目はドアフレームに当たった。三弾目は店の漆喰壁《しっくいかべ》を穿《うが》ち、その跳弾がＢＭＷの屋根を掠めた。

「白い洋館から出てきた男たちだわ」

聡美が怯えた声で言った。

「あいつら二人は、ずっとこのあたり一帯を捜し回ってたんだろう」

「撃たれなかった？」

「大丈夫だ。無傷だよ。きみは？」

「ガラスの破片が頭上を掠めただけよ」

「このまま、じっとしてるんだ」

見城は狙撃者から目を離さなかった。

角刈りの男は左右をうかがってから、あたふたとキャデラック・セビルに乗り込んだ。

青い米国車はタイヤを軋ませながら、Uターンした。そのままフルスピードで、海岸通りをメリケンパークの方向に走り去った。

「お店の方に事情を話しておいたほうがいいんじゃないかしら？」

「それは、後でいいだろう。いまは、ひとまず逃げようじゃないか」

「でも……」

聡美が異論を唱えかけた。

見城は半ば強引に聡美を助手席に押し込み、BMWを急発進させた。メリケンパークとは逆方向に走った。三宮駅を回り込んで、中山手《なかやまて》通りに出る。

加納《かのう》町三丁目交差点に差しかかったとき、対向車線にキャデラック・セビルが見えた。

見城は車を右折させ、山側に向かった。

「追ってくるわ」

「なんとか撒《ま》くから、心配ないよ」

「わたし、一一〇番通報するわ」

聡美がハンドバッグの留金《とめがね》を外した。

「パトカーが駆けつける前に、奴らは発砲してくるだろう。このまま逃げきるんだ」

「できるかしら？」

「やるよ」

見城はアクセルペダルを深く踏み込んだ。

かなりの登り坂だった。キャデラック・セビルは執拗に追ってくる。

表六甲道路に沿って、しばらく直進する。それから左折し、石楠花山《しゃくなげやま》の麓《ふもと》を走った。

新神戸トンネルの手前まで走ると、いつの間にか、追跡の車は消えていた。

「もう大丈夫だろう」

見城は林道を何度も迂回しながら、ＢＭＷを元町に向けた。

ホテルに着いたのは五時過ぎだった。東の空が斑に明るみはじめていた。

「なんだか怖いわ。一番電車が出るまで、そばにいてもらえない？」

「いいよ」

「シングルルームだから、ベッドは一つしかないの。あなたが使って」

聡美が言った。

「おれは眠らなくても平気だよ。徹夜の張り込みには馴れてるからね」

「それじゃ、悪いわ」

「いいんだ。妙な気は遣わないでくれよ」

見城は車をホテルの地下駐車場に入れ、聡美と一緒に七階に上がった。

聡美がカードキーを使って、ドアロックを外す。狭い部屋だった。ベッドの近くにソファがあるだけだ。

「おれに遠慮しないで、横になってくれないか」

「もうじき陽《ひ》が昇るわ。ひと晩ぐらい寝なくても、へっちゃらよ」

「睡眠不足は美容の最大の敵だって言うじゃないか」

「どうってことないわ。わたしは、女優でもモデルでもないんだから」

「世の男たちをがっかりさせないでくれよ。きみがパンダみたいに目の周りを真っ黒にしてたら、何人もの男の夢と憧れをぶっ壊すことになる」

見城はオーバーな冗談を言って、横になることを強く勧《すす》めた。

聡美はしばらく迷っていたが、上着だけを脱いでベッドに身を横たえた。ブランケットを胸許《むなもと》まで引っ張り上げ、軽く目を閉じる。

見城はソファをできるだけベッドから離し、静かに腰を下ろした。

「さっきの男たちは、あなたとわたしの両方を殺す気だったんだと思うわ」

「ええ。わたし、丘の上の白い洋館の前を何度も行ったり来たりしてたの。防犯カメラが見えにくい所に幾つも設置されてるとは思わなかったので、つい不用意に動き回ってしまったんです。迂闊《うかつ》だったわ。きっと彼らは、モニターでわたしのことを観てたにちがいない」

「きみまで？」

「その可能性は高いな。あの白い洋館が関西新土木の所有不動産だってことは、もう確認済みなんだろう？」

「あっ、狡い！　また、探りを入れてる」

「おれも、手の内を見せるよ。あの洋館は違法カジノだった」

「そうなの。てっきり娼婦の館だと思ってたけど」

「きみの勘は半分だけ正しいと思うよ。難波は空港建設に関わりのある政官財界人をゲストに迎え、カジノでわざと負けて、セクシーな女たちを宛《あて》がってるんだろう」

「お礼に、さっきの質問に答えるわ。あの洋館は関西新土木のものよ」

「やっぱり、そうだったか。で、きみはゲストの顔を何人見たんだい？」

「それは、ノーコメントよ」

「お利口さんめ！」

「見城さんこそ、抜け目がないわ。少し気をつけないとね」

聡美が言って、くすっと笑った。見城はロングピースに火を点けた。

「難波の相棒のことは、どこまで調べ上げたの？」

「相棒って？」

「白々しいわね。談合の仕切り役だった男から、難波を割り出したんでしょ？　藤森遼吉のことよ。わたしは、藤森が再起したがってるという情報を掴んでたの」

「なるほどね。それで、四日市の国生をマークしながら、藤森の動きも探ってたわけか」

「そうなの。藤森と難波が手を結んで空港島建設に発言力のある実力者たちの弱みを握ろうとしてることはわかったんだけど、あの二人にはもっと大きな陰謀があるんじゃないかと……」

「たとえば、どんな陰謀が考えられる？」

「それが浮かび上がってこないから、あなたに訊いたのよ」

「おれにも見当がつかないんだ」

「ほんとに？」

「ああ」

「でも、大手ゼネコン六社の談合組織『睦友会』が解散したって話は知ってるでしょ？」

聡美が探るように言った。見城は空とぼけることにした。

「その話は初めて聞いたな」

「本当に知らなかったの？」

「もちろんさ。きみは難波たち二人が大手六社に何らかの圧力をかけて、『睦友会』を潰したと考えてるらしいね？」

「ええ、まあ。いくら神戸連合会の企業舎弟《フロント》といっても、単に凄んだだけでは大手ゼネコン六社は怯《すく》み上がったりしないはずよ。きっと六社は企業イメージがダウンするような致命的な弱みを握られたんだわ」

「致命的な弱みというと、何なんだろうか」

「また、その手を使うわけ？　あなた、相当な役者ね。時間の無駄になりそうだから、少し寝《やす》ませてもらうわ。あなた、おかしな気は起こさないでね。もし妙なことをしたら、嚙みつくわよ」

「よく憶えておこう」

「それじゃ、失礼するわね」

聡美がそう言い、背中を向けた。横向きになったことで、ウエストのくびれが強調された。悩ましかった。目の毒だ。

見城は喫いさしの煙草の火を揉み消し、ソファに背を預けた。腕を組み、瞼を閉じる。

部屋は沈黙に支配された。

数十分が流れても、聡美の寝息は洩れてこない。見城の存在が気になって、眠りに溶け込めないのだろう。美人検事が吐息を洩らし、寝返りを打った。

「おれがいるんで、寝苦しいようだな。安心しなよ、襲ったりしないから」

「そうじゃないの。自分だけ横になってしまって、なんだか悪いような気がしてきたのよ」

「あんまり気を遣うなって。この部屋は、きみが取ったんだから」

「でも、やっぱり平気じゃいられないわ」

「困ったな」

見城は長嘆息した。

「ね、こっちに来ない？」

「えっ⁉」

「あっ、誤解しないで。ただ、並んで純粋に寝るだけよ。ベッドが狭いけど、体をくっつけ合えば、なんとかなると思うわ」

聡美が言って、体を壁際に寄せた。

見城は短く迷ったが、ソファから立ち上がった。上着だけを脱いで、ベッドに身を横たえる。毛布の上だった。

「それじゃ、風邪ひくわ」

「真冬じゃないから、大丈夫だよ。それに、部屋は空調でほどよい室温になってる」

「どうぞ遠慮しないで。別に裸になってるわけじゃないんだから」

聡美がそう言って、毛布を捲《めく》ろうとした。

見城は意を決し、いったん起き上がった。聡美が壁の方を向いたまま、毛布を大きくはぐった。見城は仰向けに寝て、ブランケットを胸に掛けた。体の半分はベッドから食み出していた。

「仰向けじゃ、眠っている間にベッドから転げ落ちちゃうわ。わたしと同じ向きに横になれば？」

「接触部分が多くなるよ」

「仕方ないでしょ？」

「そうだが……」

「お寝みなさい」

聡美が不自然なほど体を壁にくっつけた。

見城は寝返りを打った。両腕のやり場がない。ためらいを捩伏せ、聡美の肩を抱く姿勢をとった。聡美が一瞬、身を固くした。だが、何も言わなかった。

美人検事の温《ぬく》もりが服地を通して優しく伝わってくる。柔らかな体を包み込んでいるうちに、欲望を抑えきれなくなった。

見城は聡美を強く抱きしめた。

その瞬間、聡美が小さな声をあげた。しかし、抗《あらが》う素振りは見せなかった。

見城は聡美の髪の毛をまさぐり、白い首筋に唇を押し当てた。聡美が甘やかに呻いた。

見城は聡美を自分の方に向かせた。

「撃たれそうになったとき、怖かったわ。思い出すと、体が震えそうなの」

「おれがきみを護り抜く」

「見城さん……」

聡美がしがみついてきた。

見城は聡美を力強く抱き竦めた。聡美が瞼を閉じ、形のいい唇をうっすらと開いた。

二人は、ひとしきりバードキスを交わした。

やがて、見城は聡美を優しく組み敷いた。聡美が情熱的に唇を求めてきた。

見城は舌を絡めながら、薄紙を剝ぐように聡美の衣服を一枚ずつ脱がせていった。

聡美の反応は初々しかった。男性体験は、それほど多くなさそうだ。最後のパンティーを足首から抜くと、聡美は腕で目許を隠した。

均斉のとれた白い裸身は、神々しいまでに美しい。欲情が一気に膨れ上がる。

見城は手早く裸になり、改めて聡美と胸を重ねた。聡美の乳首は痼《しこ》っていた。見城は、あざといテクニックは使わないことにした。

柔肌に指を滑らせ、和毛《にこげ》を撫でた。聡美の体は充分に潤んでいた。指を駆使すれば、すぐにも彼女は極みに達しそうだった。

しかし、見城はあえて前戯を短くした。

ゆっくり聡美の中に分け入る。わずかに抵抗感があったが、奥まで沈み込めた。

「こういうことには、それほど馴れてないの。優しく愛してね」

聡美が恥じらいながら、見城の首に両腕を巻きつけた。

見城は穏やかに動きはじめた。むろん、突くだけではなかった。腰をくねらせ、尖った芽を圧《お》し転がす作業も怠らなかった。
五、六分経つと、聡美は自らも腰をくねらせはじめた。

見城は律動を速めた。最初にゴールに駆け込んだのは聡美だった。ジャズのスキャットのような声を放ちながら、彼女は裸身を震わせた。

見城は動きを止めた。聡美の内奥は速いビートを刻んでいた。まるで心臓にペニスを触れさせているような感じだ。締めつけ方も強かった。

「こんなに深く感じたのは初めてよ」

聡美が息を弾ませながら、恥ずかしそうに言った。

見城はほほえみ、腰をダイナミックに躍動させはじめた。

ベッドマットが大きく弾む。聡美が喘いだ。喘ぎは、すぐに呻きに変わった。

見城はラストスパートをかけた。

ゴールは目の前だった。聡美の体が縮まりはじめた。エクスタシーの前兆だ。

見城は突っ走った。何も考えられなかった。背筋が熱い。ひたすら動く。

ほどなく爆ぜた。その瞬間、頭の芯が痺れた。

3

肩を並べてロビーを出た。

午前十時過ぎだった。見城はホテルの前で、聡美の腕を軽く摑んだ。

「やっぱり、車で大阪駅まで送ろう」

「ううん、本当に大丈夫よ。昼間は、いくらなんでも狙われないでしょ？」

「ああ、多分ね。しかし、用心に越したことはないからな」

「わたしのことは心配しないで。あなたは、ちゃんと自分の調査をつづけて。でも、あの洋館に接近するときは充分に気をつけてね」

聡美が目をしばたたかせながら、心配顔で言った。

見城にも、朝の光は棘々《とげとげ》しかった。結局、二人とも眠らずに朝を迎えたのである。

「一つ聞きそびれたことがあるんだ」

「何かしら？」

「女のきみが危険を冒してまで、なぜ単独捜査をしてるのかな？」

「三年前に変死した従兄《いとこ》のことで衝《つ》き動かされたの」

「どういうことなんだい？」

「わたしの従兄は愛知県警の捜査二課にいたんだけど、あるダム工事の入札に絡む汚職事件を捜査中に工事建設予定地の崖から転落して死んでしまったの。他殺された可能性もあったんだけど、それを裏付ける物的証拠がなかったのよ。それで、結局、事故死ということにされてしまったの」

「よくあるパターンだな」

「ええ、そうね。いまでも、わたしは従兄は賄賂《わいろ》に関わりのある人間に殺されたんだと思ってるの。犯人は贈賄側か、収賄側のどちらかにいるんだと思うわ」

「捜査が曖昧な形で打ち切られた場合、たいてい大物政治家や高級官僚が事件の裏側にいるもんだ」

「ええ、そうね。従兄がそんな死に方をしてから、わたし、私欲に負けた政官財界人たちを憎むようになったの」

「だから、空港島建設の利権漁りに目を光らせる気になったわけか」

「そうなの。特捜部も汚職の摘発には熱心なことは熱心なんだけど、まだ手温《ぬる》い感じがして、こっそり単独捜査を……」

「そうだったのか。しかし、もう無茶なことはしないほうがいいな」

「でも、このまま尻尾を巻きたくないわ」

　聡美が昂然と言った。

「きみらしいな。何か手伝えることがあったら、おれに電話してくれ」

「あなたの気持ちは嬉しいけど、公私のけじめはつけたいの」

「そうか。また、どこかで会えるといいな」

「ええ、そうね。もし二度と会えなくても、見城さんのことは死ぬまで忘れないと思うわ。素敵な一刻《ひととき》をありがとう」

「おれこそ、礼を言うよ」

見城は右手を差し出した。

聡美が強く握り返してきた。手をほどくと、彼女は元町駅に向かって歩きだした。

見城は聡美の後ろ姿が見えなくなるまで、その場を動かなかった。愛惜の念が胸のどこかで揺れていた。もっと女検事と親しくなりたかったが、それでは里沙をないがしろにすることになる。

大人の男と女が何かの弾みで、束の間、心を通わせ合った。行きずりの恋は、それ以上のものを求めてはいけないのではないか。それが相手に対するエチケットだろう。

見城は自分に言い聞かせながら、ホテルの地下駐車場に急いだ。

ＢＭＷに乗り込み、中山手通りに向かう。中山手三丁目交差点の角にあるＮＨＫの横から、異人館の建ち並ぶ地区に入った。

坂道を登りきると、見城は目立たない場所に車を停めた。

そこから数百メートル歩き、白堊の洋館に近づいた。

ひっそりと静まり返っている。広い車寄せには、一台も車が見当たらない。窓という窓は、カーテンで閉ざされていた。洋館の三方は雑木林だ。

見城は館の真裏まで歩いた。人のいる気配はうかがえない。館の中に忍び込む気になって、鉄柵に接近した。そのとたん、数頭の大型犬が激しく吼えたてた。鉄柵の向こうに、ドーベルマンとジャーマン・シェパードが見えた。

どちらも首輪を嵌められているが、鎖は解かれていた。番犬は吼え熄《や》まない。

見城は巨木の陰に走り入った。

しばらく待ってみたが、見張りの男たちは姿を見せない。ふたたび鉄柵に近寄る。ドーベルマンとジャーマン・シェパードだけなら、蹴り殺せそうだ。

見城は右に走る素振りを見せた。

二頭の犬が先回りをする気になったらしく、猛然と走りだした。見城は左に逃げた。

番犬どもが慌てて駆け戻ってくる。しかし、まだ遠い。

いまだ！　見城はジャンプして、高い鉄柵に取りついた。

よじ登りかけたとき、すぐ目の前に何か大型獣が迫ってきた。なんと若い虎だった。

ベンガル虎よりも、ひと回り小さい。スマトラの密林生まれなのかもしれない。虎の首輪には、とてつもなく長い鎖が繋《つな》がっていた。優に三十メートルはありそうだ。

虎が低く唸って、鉄柵に前肢を掛けた。

見城は鉄柵から飛び降りた。二頭の犬と闘っているうち、虎に襲いかかられたら、嚙み殺されてしまうだろう。

見城は洋館の前の通りに引き返した。

ＢＭＷに戻り、中山手通りに面した神戸税務署の駐車場に入る。そこに車を置き、裏通りに足を踏み入れた。

関西新土木の本社ビルは神戸市役所の真裏にあった。九階建てで、一階の高床《ピロティ》の部分は専用駐車場になっていた。奥に難波のロールスロイスが見え、道路側にベンツやベントレーが並んでいた。キャデラック・セビルも駐めてあった。

監視カメラが三台も設置されている。見城はビルの前までは近づかなかった。張り込むときは変装をする必要があった。車もレンタカーを使うべきだろう。

見城は踵を返し、神戸税務署に引き返した。

ＢＭＷのエンジンを唸らせたとき、百面鬼から電話がかかってきた。

「ちょいと連絡が遅くなっちまったな」

「百《どう》さん、何か危《ヤバ》いことでもあったの？」

「いや、何もねえよ。曾根崎新地で、昔馴染みにばったり会ってさ、そいつと飲み明かしちまったんだ」

「また、女に引っかかったのか」

「何だよ、妬《や》くなって。相手は野郎だよ、歌舞伎町で立ちんぼやってたオカマのおっさんさ。タミーって奴なんだけどさ、こっちでゲイバーやってんだってよ」

「百さん、肝心のことは？」

見城は促した。

「ああ、二人のブロンド女のことだな。デンマーク娘もヤンキー娘も、頬っぺの肉づきはよかったぜ。それから、二人とも唇は薄かったよ。例のスーザンじゃなさそうだな」

「そうか」

「そっちは、どうなったんでぇ？」

百面鬼が訊いた。

見城は経過を順序立てて話した。むろん、女検事と秘密を共有したことは黙っていた。

「その白い洋館に娼婦らしい栗毛の外国人がいたっていうんだったら、スーザンはその種の女かもしれねえな」

「考えられるね」

「おれも三宮に行かあ」

「いや、難波に張りつく前に藤森遼吉を締め上げたいんだ。多分、藤森はもう大阪に戻ってるだろう」

「なら、もう一度、岸和田に行くか」

「百さん、正午に梅田の阪神百貨店の前で落ち合おう」

「オーケー」

百面鬼が電話を切った。

見城はBMWを走らせはじめた。道路が渋滞している箇所が幾つかあったが、大阪の梅田まで一時間もかからなかった。

見城は昼食を摂ってから、待ち合わせの場所に車を走らせた。百面鬼は、まだ来ていなかった。

五分ほど待つと、覆面パトカーがやってきた。見城はBMWを降り、クラウンに近づいた。百面鬼がパワーウインドーを下げた。

「藤森を痛めつける前に、会社の従業員を追っ払わねえとな。見城ちゃん、なんかいい手があるかい?」

「藤森興業の敷地内のどこかに何者かが爆発物を仕掛けたとでも言って、百《どう》さん、藤森以外の人間を追い出してほしいんだ」

「警察手帳《チョウメン》使ってか?」

「そう」

「よし、それでいこう」

「よろしく頼むね」

見城は言って、BMWに戻った。

百面鬼が赤色回転灯を瞬《また》かせてから、覆面パトカーを荒っぽくスタートさせた。見城はクラウンにつづいた。

阪和自動車道の岸和田和泉ICまで、三十分そこそこしかかからなかった。

覆面パトカーはサイレンを鳴らしながら、藤森興業の前に横づけされた。見城は、ずっと後方にBMWを停めた。

百面鬼がクラウンを降り、慌ただしく藤森の会社の中に入っていった。

見城は車のエンジンを切って、煙草に火を点けた。半分ほど喫ったとき、作業服を着た十数人の男たちが藤森興業の正門から走り出てきた。

彼らは先を争って、はるか遠くまで退避した。

見城は煙草を灰皿に突っ込み、BMWを降りた。小走りに走り、プレハブ造りの建物に駆け込んだ。百面鬼と藤森は事務所の奥にいた。

後ろ手錠を掛けられた藤森は、回転椅子に逆向きに跨《また》がされていた。背広姿だったが、ネクタイは締めていなかった。

「怪しい奴らや思っとったけど、刑事やったんか。けど、これは不当逮捕や」

「あんたは昨夜《ゆうべ》、北野の白い洋館の違法カジノで遊んでた。それだけで、れっきとした触法行為だ」

見城は現職刑事になりすました。

「なに言うてんねん。わし、きのうの晩は外出してへんで。一晩中、この事務所におったんや」

「おれたちはきのう、あんたを尾行してたんだ。時間稼ぎはさせねえぞ」

「ほんまや、ほんまにここにおったんや」

「それを証明できる人間はいるのか?」

「おらんよ。わし、ひとりだったさかいな」

「あんたはタクシーで曾根崎新地に行って、『インターナショナルクラブ』で白人ホステスを相手に酒を飲んでた。後から店に来た関西新土木の難波社長のロールスロイスに乗って、北野の白堊の館に向かった」

「そこまで知られとるんや、隠してもしゃあないな。あの洋館は、難波が接待に使《つこ》うてるゲストハウスなんや。わし、昔、難波を面倒見たったことがあるねん」

藤森がいったん言葉を切り、すぐに言い継いだ。

「そんなことで、あの男はよう接待してくれるんや。けど、疚《やま》しいことは何もしてへんで。遊びでルーレットやポーカーやったけど、金など賭けてへんのや」

「手間かけさせやがる」

見城は左目を眇《すが》め、やくざ刑事に合図した。

百面鬼が懐から、拳銃を引き抜いた。藤森の顔が強張《こわば》る。

「な、なんの真似や？」

「こいつは撃鉄《ハンマー》がおかしいんで、よく暴発するんだよ」

「そ、そんなもん、早《はよ》うしまってくれ。わし、心臓が悪いんや。そや、ニトログリセリンを服用せないかんな。机の引き出しに、タブレットが入ってるさかい、取ってくれへんか」

「何もかも自白《ウタ》ったら、取ってやるよ」

「わし、ほんまに何も悪いことはしてへんて」

「そうかな」

見城は会話に割り込んだ。

「なに疑《うたご》うてん？」

「あんた、『睦友会』に恨みがあるよなっ」

「それがどないした言うねん？」

「あんたは昔の恨みを晴らしたくて、難波と手を組んで『睦友会』をぶっ潰した。六社の役員たちをセックス・スキャンダルの主役に仕立ててな。罠に嵌まった大手ゼネコン六社は、泣く泣く中部国際空港建設の工事入札を諦めた。関西新土木が主体工事を受注できれば、あんたは談合の仕切り役として返り咲けるってわけだ」

「待ってくれ。難波が土砂搬入の利権欲しがっとるんで、わしが旧知の政官財界の大物たちを紹介してやったことは事実や。それから、『睦友会』に個人的な恨みがあることも認めるわ。けどな、わしが育てた談合組織を潰す気になるかい？　時代の流れが変われば、わしが再起するチャンスが訪れるかもしれへんのやで」

「おっさん、素直に自白《ウタ》えや」

百面鬼が藤森のこめかみに銃口を押し当てた。

そのすぐ後、藤森が上体を反らして、長く唸った。そのまま椅子から転げ落ち、全身をひくつかせた。

痙攣《けいれん》は、数分で熄んだ。それきり藤森は微動だにしない。

見城は屈み込み、藤森の頸動脈に手を当てた。脈動はなかった。

「ショック死したようだな。百《どう》さん、どうする？」

「後《あと》のことは、おれがうまく処理すらあ。そっちは消えろや」

百面鬼が言った。

「こうなったら、難波を締め上げてやる。東京から松ちゃんを呼び寄せて、関西新土木と難波の自宅の電話回線に盗聴器を仕掛けてもらうよ」

「そうするか。先に大阪に戻って、ホテルを取っといてくれや」

「わかった。それじゃ、後始末を頼んだぜ」

見城は言いおき、事務所を出た。

従業員たちの姿は見当たらなかった。見城はＢＭＷに駆け寄り、すぐに発進させた。

梅田に戻ると、シティホテルに三室を取った。

見城は自分の部屋に入り、東京の松丸に電話をかけた。松丸は快く協力を約束してくれた。今夜中には、大阪に来てくれるらしい。

見城は一服してから、部屋のテレビの電源を入れた。

すると、画面いっぱいに草刈聡美の顔写真が映っていた。

「亡くなった草刈聡美さんは、名古屋地検特捜部の検事でした。警察の調べによると、草刈さんは名古屋駅構内を歩行中に何者かに毒針で刺された模様です。草刈さんは救急車で近くの病院に運ばれましたが、すでに死亡していました。凶器の針には猛毒が塗られていたと思われますが、詳しいことはまだわかっていません」

事件現場が短く映し出され、女性アナウンサーの顔がアップになった。別の殺人事件が報じられはじめたが、アナウンサーの声は見城の耳には届かなかった。

美人検事の聡美が、もうこの世にいないというのか。およそ現実感がなかった。

聡美と元町のホテルの前で別れてから、まだ半日も経っていない。

握手したときの感触は、はっきりと思い出せる。遠ざかる聡美の後ろ姿は鮮明に瞼の裏に残っていた。

関西新土木の難波社長が殺し屋を使って、聡美の口を永遠に封じさせたのだろう。ほかに疑わしい人物はいない。

極道実業家をぶっ殺してやる！

見城はコーヒーテーブルを蹴倒した。

4

張り込んで二日目だった。

見城は、三宮の裏通りに路上駐車中のワンボックスカーの助手席に坐っていた。

運転席の松丸は、広域電波受信機《マルチバンド・レシーバー》の周波数を微調整している。百面鬼は別の場所で待機中だった。ＢＭＷは大阪の有料駐車場に預けてあった。

きのうの夜明け前、松丸は関西新土木本社ビルと難波の自宅の電話回線に高性能の盗聴器を取りつけてくれていた。しかし、難波が単独で行動することは一度もなかった。常に用心棒たちが付き添っていた。

「芦屋の超豪邸に難波が住んでるとわかったときは、おれ、なんだか無性に腹が立ったっすよ」

松丸が唐突に言った。

「おれも、奴の自宅があんなに立派だとは思わなかったよ。間数《まかず》、二十室はありそうだったな」

「そうっすね。いつかあの家にダイナマイトを投げ込んでやるか。極道は人の道に外れたことをやってるんすから、もっと控え目に生きてほしいな」

「同感だよ。連中は堅気の世界で弾かれたこともあって、妙に虚勢を張りたがる。いい家に住んで、いい車を乗り回して、いい女を抱きたがる。コンプレックスの裏返しだろうな」

「それはわかりますけど、いい気になりすぎっすよ」

「確かにな」

見城は口を結んだ。

だいぶ前から、脳裏で聡美の残像が明滅していた。水割りを傾けたときの顔、ベッドで見せた恍惚とした表情、別れ際の透明な笑顔。どのシーンも鮮やかだった。

その後の事件報道によると、名古屋駅構内で美人検事の後ろ首に猛毒のクラーレをたっぷり塗りつけた特殊針を突き立てたのは東洋系の外国人男性らしい。複数の目撃証言では、三十代半ばの色の浅黒い犯人は悠然とした足取りで犯行現場から立ち去ったという。

日本人の実行犯では、足がつきやすい。そこで、難波は外国人の殺し屋を雇う気になったのだろう。

左手首に嵌めたスポーツウォッチ型の特殊無線機が、かすかな受信音をたてた。

見城、松丸、百面鬼の三人は、それぞれ特殊無線機を装着していた。三台とも、松丸が苦労を重ねて完成させた試作品だった。竜頭《りゅうず》が送受信のスイッチになっている。見城はスイッチを押し、特殊無線機を顔に近づけた。

「難波の野郎、オフィスで何やってやがるんだろうな。もう九時を五、六分回ってるぜ」

百面鬼の声が流れてきた。

「裏帳簿でも付けてるんじゃないか」

「そうかもしれねえな。今夜も空振りなら、おれが警察手帳《チョウメン》使って難波を用心棒どもから引き離してやらあ」

「そう急くなよ、百《どう》さん。相手が相手だから、失敗《ドジ》踏むと、後が厄介なことになるからさ。ここは慎重にやろうよ」

「なんか焦れってえけど、もう少し張り込んでみるか」

「そうしよう」

見城は交信を切った。

ちょうどそのとき、松丸が難波の携帯電話に着信があったことを告げた。見城は耳に神経を集めた。松丸の膝の上に置かれた広域電波受信機《マルチバンド・レシーバー》から、難波と外国人女性らしい声が流れてきた。遣り取りは日本語だった。

「あんたの電話を待っとったんやで。今夜は、ゆっくり会うてくれるんか?」

「ええ、オーケーよ。いま、わたし、近くにいる」

女が元町の超高級ホテルの名を挙げ、スウィートルームであることも明かした。

「わしのために、その部屋を取ってくれたんか?」

「そう。こないだは食事だけだった。それじゃ、ナンバさん、お気の毒ね」

「いい子や、いい子や。これから、すぐ行くわ」

「わたし、待ってる。でも、ボディガードは駄目。ナンバさん、ひとりで来て」

「わかった。わし、ひとりで行くわ。朝まで一緒にいられるんやな?」

「ええ、そう。でも、途中でちょっと出かけましょ? ある所で、とってもエキサイティングなショーをやってるの」

「そんなもん観んでもええ。ずっとベッドにいようやないか」

「もちろん、出かける前にナンバさんといいことする。それ、オーケーね。でも、ショー観たら、あなた、必ずハードアップするわ。ホテルに戻ったら、たくさん愛して。オーケー?」

「オーケー、オーケーや。十五分、いや、十分待っとってや」

難波がはしゃぎ声で言って、電話を切った。

「電話の女、スーザン・ロジャックスと自称してる金髪美人じゃないんすかね？」

松丸が声をかけてきた。

「そうかもしれない」

「車、難波の会社の方に回します？」

「いや、神戸プラザホテルに先回りしよう」

見城は言った。

松丸がワンボックスカーを走らせはじめた。見城はスポーツウォッチ型の特殊無線機を使って、百面鬼に連絡をした。経緯を話すと、悪党刑事が口を開いた。

「ほんじゃ、そのスウィートルームに踏み込もうや」

「いや、難波を押さえるのはまだ早いな。スーザンかもしれない女は、奴に何か面白いショーを観せたがってるんだ」

「どっかで獣姦《じゅうかん》ショーでもやってんじゃねえのか」

「多分、その類のショーなんだろうな。それはともかく、その会場に、難波の協力者がいるかもしれないと思ったんだよ」

「そいつは、あり得そうだな。その協力者が何者か確かめてえわけだ？」

「そうなんだ。難波を締め上げるのは、ショーを観た後にしようよ」

「わかった。それじゃ、おれたちはホテルの駐車場の出入口付近に張り込むか」

「そうしよう」

見城は竜頭から指を浮かせた。

ワンボックスカーは生田《いくた》神社を回り込み、下山手通りに出た。鯉川《こいかわ》筋を抜けて、元町駅の脇を抜けた。

そのとき、見城はまた殺された女検事のことを思い出した。胸底から、悲しみが込み上げてきた。涙腺《るいせん》が緩《ゆる》みそうだ。見城は急いで生欠伸《なまあくび》をした。これで、目が潤んでも女々《めめ》しくは見えないだろう。涙で視界がぼやける。

「なんか疲れてるみたいっすね。難波は女の部屋にしけ込んだら、すぐには出てこないでしょ？」

「ああ、多分な」

「その間、後ろのシートで横になるといいっすよ」

松丸が言った。

見城は生返事をして、そっと目尻を拭った。

神戸プラザホテルは海側にあった。近代的な超高層ホテルだ。松丸が車をホテルの地下駐車場がよく見える場所に停めた。

数分後、百面鬼の覆面パトカーが近くの路肩に寄った。

それから間もなく、見覚えのあるロールスロイスが三宮方面から走ってきた。ステアリングを握っているのは難波自身だった。彼のほかは車内に人影はなかった。

ロールスロイスが超高層ホテルの地下駐車場に潜った。

一分ほど経過したころ、百面鬼から無線連絡が入った。

「おれ、ちょっくらフロントまで行ってくらあ」

「スウィートルームにチェックインした女の素姓を調べに行くんだね？」

見城は確かめた。

「そう。泊まり客が偽名や適当な住所を宿泊者カードに書くことは珍しくないから、あんまり期待はできねえけどな」

「そうだね。まして男と密会ということになれば、まず本名は書かないだろうな」

「一応、行ってみらあ」

百面鬼の声が途絶えた。

見城は上体を捻って、窓の外に目をやった。百面鬼が車を降り、いつもの蟹股でホテルの正面玄関に向かった。トレードマークのサングラスをかけたままだった。

警察手帳を見せられても、フロントマンは百面鬼のことを偽刑事と思うかもしれない。見城はロングピースをくわえた。

百面鬼から無線のコールがあったのは七、八分後だった。

「十三階のスウィートルームの客は、メアリー・スコットとカードに記入してたぜ。住所は千代田区の三番町になってた。念のため、カードに書いてある電話番号をプッシュしてみたんだが、現在、使われてねえってさ。おそらく、氏名もでたらめなんだろう」

「女の年恰好は？」

「二十七、八だってよ。金髪で、鼻んとこに雀斑があったらしい。頰の肉は薄く、唇は肉感的だったってさ」

「それじゃ、スーザン・ロジャックスに間違いないだろう」

「ああ、そうだと思うよ。難波と女がホテルから出てきたら、教えてくれや。おれ、ひと眠りすっからさ」

「了解！」

見城は交信を打ち切った。

待つ時間は、ひどく長く感じられる。それでも、根気よく張り込みつづけた。

ホテルの地下駐車場から難波のロールスロイスが出てきたのは、午後十一時二十分ごろだった。助手席にはブロンドの女が坐っていた。駐車場の照明が一瞬、女の顔を照らした。

瞳はスティールブルーだった。頬がやや削げ、唇はセクシーだ。大手ゼネコン六社の役員たちを色仕掛けで窮地に追い込んだスーザンだろう。

見城は無線で、百面鬼に尾行を開始すると伝えた。

覆面パトカーは、しばらく松丸の車の後ろを走ることになった。ワンボックスカーが動きはじめた。

ロールスロイスは国道四三号線を東へ走り、西宮ＩＣで高速道路に入った。かなりの速度で名神高速道路を疾駆し、大阪府、京都府を通過した。

滋賀県の八日市ＩＣで八風街道に降り、鈴鹿山脈に向かって走りつづけた。

難波はこちらの張り込みと尾行を知っていて、罠を仕掛けようとしているのではないのか。見城は、ふと不安に駆られた。

民家は疎《まば》らで、闇が深い。しかも悪路つづきだ。

「おい、松！　スピードを落とした。今度は、おれが前を走らあ」

松丸の特殊無線機から、百面鬼の声が響いてきた。

「ありがたいっすね。おれ、こういう道は苦手なんすよ。うっかりすると、ハンドルとられちゃうっすからね。それに、なんか薄気味悪いもんな」

「この季節に幽霊は出ねえよ。若い女のお化けなら、見てみてえがな」

「好きっすね、百さんも」

「おめえに言われたかねえな。松、左に寄れ、左に！」

「わかってるっすよ」

松丸が口を尖らせて、ハンドルをこころもち左に切った。

少し経つと、覆面パトカーが猛スピードでワンボックスカーを追い抜いていった。難波の車は鈴鹿山脈の峠を越え、三重県に入った。今度は下り坂だ。

十分あまり走ると、前方に覆面パトカーが停まっていた。すぐに百面鬼から無線連絡があった。

「見城ちゃん、聴こえるか？」

「ああ、よく聴こえるよ」

「おれのいる所から百メートルほど下ったあたりの窪地に難波のロールスロイスは停まったよ。おれたちの車を敵に見つかりにくい場所に隠して、そこまで歩いていこうや」

「了解！　誘導を頼む」

見城はそう言い、送受信ボタンから指を離した。

クラウンが横に延びている林道に入った。松丸が覆面パトカーを追尾していく。二台の車は何度か右左折をし、繁みの奥に停めた。用心のため、折った小枝で車体を覆い隠す。

見城たち三人は、来た道を引き返しはじめた。

山の夜気《やき》は凍てついていた。吐く息は、たちまち白く固まった。

見城たちは上着の襟を立て、黙々と歩いた。やや広い山道を下ると、急に視界が展《ひら》けた。

右手に拡がる窪地は、高校のグラウンドほどの広さだった。

そのほぼ中央に、ドーム型の奇妙な建物があった。地表から顔を出しているのは屋根と採光窓だけで、その下は完全に地中に埋まっていた。

どこか要塞《ようさい》じみた建物の右手に、二十台前後の車が並んでいる。

外車が多い。難波のロールスロイスは、いちばん手前に駐めてあった。

「あの中で、秘密のいかがわしいショーが行われてるらしいな」

見城は、どちらにともなく言った。すると、百面鬼が応じた。

「そうなんだろう。こんな山ん中だから、見張りもいねえようだな」

「確かに見張りは表にはいないね。しかし、建物の中に監視窓があるのかもしれないよ」

「案外、要塞と同じような銃座があったりしてな」

「百《どう》さん、あんまり脅かさないでよ。おれ、武闘派じゃないんすから」

松丸が心細そうに言った。

「ビビってんだったら、松は車ん中で待ってな」

「そのほうが、かえって怖いっすよ」

「だったら、男らしく偵察してこいや」

百面鬼がそう言って、松丸の背中を力まかせに押した。

松丸は渋々、スロープを下っていった。かなり傾斜があった。足は止められないだろう。

スロープを降りきったとき、警報のサイレンが鳴りはじめた。

どうやら松丸は防犯センサーのスクリーンを突破してしまったらしい。奇妙な建物から、五、六人の男が飛び出してきた。

揃って消音型の短機関銃を手にしていた。

松丸が悲鳴をあげて、懸命に駆け上がってくる。必死の形相《ぎょうそう》だ。

「見城ちゃん、松を連れて森の中に逃げ込んでくれ」

百面鬼がサングラスを胸ポケットに突っ込み、拳銃を取り出した。一気にスロープを駆け降りていく。

見城も松丸のいる場所まで下《くだ》り、盗聴器ハンターを先に山道まで上がらせた。そのとき、銃声が轟《とどろ》いた。百面鬼が発砲したのだ。先頭を走っていた男がもんどり打って引っくり返った。ほかの者たちが横に並んで、短機関銃を掃射しはじめた。

無数の銃弾が襲いかかってきた。

百面鬼と見城は、同時に身を伏せた。被弾はしなかった。百面鬼が小型リボルバーで二弾目を放つ。

左端にいた男が短い叫びをあげ、後方に吹っ飛んだ。仲間の男たちが一瞬、たじろいだ。

「逃《フ》げ《ケ》よう」

百面鬼が羆《ひぐま》のような恰好で、スロープを這い登ってきた。

おかしかったが、笑えなかった。見城も百面鬼と同じように山道まで、不様な恰好で駆け上がった。松丸は震えながらも、二人を待っていた。

三人は目の前の森の中に逃げ込んだ。男たちが追ってきた。時々、立ち止まっては発砲してくる。樹幹に銃弾が埋まり、小枝が弾き飛ばされた。樹皮や葉も千切《ちぎ》れた。

見城たちは息を喘がせながら、必死に逃げた。

しばらくすると、小川があった。板の橋が架かっていた。松丸を橋の下に隠し、見城と百面鬼は窪地に身を潜めた。好都合なことに、周りには丈のある枯草が生い繁り、半ば窪地を覆っていた。

複数の追っ手が近くまで迫ったが、三人とも見つからずに済んだ。

見城は地面に耳を押し当てた。男たちの足音は次第に遠ざかり、やがて聞こえなくなった。

三人はひとまず車に戻ることにした。

星の位置を頼りに、山道と並行する形で森を横切る。何度も方向を間違えたが、なんとか車のある場所に戻ることができた。

三人は空が明るみはじめるまで、車の中で体を休めた。

そして、ふたたび怪しい建物のある場所に向かった。用心しながら、接近する。

あろうことか、要塞のような建物はすっぽり生コンクリートで覆われていた。車も人影も見当たらない。三人はスロープを駆け降りた。

「おれは確実に二人をシュートしたのに、血痕がまったくねえな。奴ら、逃げるときに泥を掛けて石灰でもまぶしたんだろう」

百面鬼が地表に目をやって、低く呟いた。

生コンクリートは、まだ完全には乾ききっていなかった。見城たちは木の枝や拾い集めた鉄屑で、生コンクリートを掻き落としはじめた。

見城が剝がした部分は、ちょうど採光窓だった。

ガラスは破れ、窓枠に生コンクリートがなだれ込みかけていた。その隙間から覗き込むと、斜め下にリングがあった。

観覧席は奇っ怪な造りだった。ゴンドラのような形状で、前の部分は鏡面になっている。左右と背面も塞《ふさ》がれていた。

前の部分は、マジックミラーになっているのかもしれない。客同士がゴンドラの中を覗き込めないようになっているようだ。

秘密のショーとは、いったい何なのか。セックスショーの類なら、リングは必要ないだろう。

ここは、格闘技の特殊訓練場だったのか。

わざわざ山の中まで特殊訓練を見物に来る者が大勢いるとは思えない。難波をこの建物に案内した金髪女は電話で、エキサイティングなショーだと言っていた。

見城はそこまで考えたとき、閃《ひらめ》くものがあった。

秘密特設リングの上で、闇のデスマッチが行われていたのではないのか。ルールも制限時間もない掛け値なしの殺人試合なら、観たがる者は少なくないはずだ。

プロモーターは、客たちに巨額を賭けさせていたのではないか。

金を賭けて、殺し合いを見学する。その行為は反道徳的だが、充分に刺激的だろう。人間の心の奥底には、タブーに挑みたいという暗い情念があるのではないか。

そうした思いが病的に増大した者が猟奇的な犯罪に走ったり、極端な場合は人肉喰い《カニバリズム》まで突っ走ってしまうのだろう。

ふと見城は、数カ月前から有力なK－1選手やキックボクサーの元東洋チャンピオンたち十数人が相次いで失踪している事実が気になった。

彼らは超破格のファイトマネーに釣られて、殺人試合に出場する気になったのではないのか。あるいは、プロモーターに何らかの弱みを押さえられて、デスマッチを強いられているのかもしれない。ゴンドラが完全な密室になっているのは、なぜなのか。

見城は、なおも考えつづけた。

殺人試合を観ながら、客たちは性的な奉仕を受けていたのではないだろうか。ゴンドラは、割に大きい。裸の女たちが侍《はべ》るスペースは充分にある。

見城はさまざまな推測をし、百面鬼と松丸に採光窓の下を覗かせた。

二人は、しきりに首を傾げている。見城は百面鬼たちに自分の推測を語った。

「それだよ！　見城ちゃん、下のリングで殺人試合をやってたにちがいねえよ」

百面鬼が言った。すぐに松丸が同調した。

「おれも、そう思うっす。それはそうと、スーザンはなんで難波をこんな危《ヤバ》いショーに誘ったんすかね」

「金髪女は保険を掛けるつもりだったのかもしれないぞ」

見城は言った。

「保険って、どういうことなんす？」

「スーザンはゼネコン大手六社の役員を罠に嵌めたことを難波に知られてる。他人に弱みを握られたままじゃ、落ち着かないもんだ」

「そりゃ、そうでしょうね」

「そこで、スーザンは難波に殺人試合に金を賭けさせる気になったのかもしれないぞ。セックスペットと戯れてるところをこっそりビデオに撮られたりしたら、それも難波の弱みになるじゃないか」

「なるほどな。見城さん、頭いいっすね」

「松ちゃん、からかうなって」

「ひょっとしたら、スーザンの背後にいる大悪党が何か企んでるのかもしれねえぞ。見城ちゃん、そう思わねえか？」

百面鬼が口を挟んだ。

「誰かが難波の弱みを押さえて、入札させないようにしてる？」

「そういうことも考えられるんじゃねえのか」

「つまり、スーザンは難波のために働いてたが、別の誰かに乗り換えようとしてるってわけか」

「なんかそんな気がするんだ。スーザンが単に保険を掛けたいんだったら、元町のホテルのスウィートルームの寝室にこっそりビデオカメラをセットしておきゃいいわけだからな」

「確かに、百《どう》さんの言う通りだ。スーザンの背後関係も洗ってみる必要があるな。何か手がかりになるものがあるか検《しら》べてみよう」

見城は二人に言って、周囲をくまなくチェックしてみた。

すると、駐車場の近くに光る物があった。半分以上、泥に埋もれた物は銀色のボールペンだった。軸の部分にローマ字のネームが入っていた。

なんと榊原充の名だった。榊原は、ここで見てはならない何かを目にしてしまったのだろう。

この山林の地主は誰なのか。所有者を調べれば、何か新たな手がかりを得られるかもしれない。後で、地元の登記所に行ってみることにした。

見城は百面鬼たち二人に大声で呼びかけ、頭上の銀色のボールペンを振った。

第五章　狡猾な複合陰謀

1

ワンボックスカーが停まった。

見城は真っ先に車を降りた。目の前には、中京医科大学附属細菌研究所がそびえている。名古屋市の郊外だ。

三重県の件《くだん》の山林の持ち主は、この研究所の主任教授の立花直考《たちばななおたか》だった。

立花は三重県亀山市出身で、五年前に亡母から鈴鹿山脈の宏大な山林を相続していた。九年前に病死した父親は、県下一の山林王だったらしい。

見城たちは登記所を出ると、立花の実家周辺で聞き込みをした。

現在、五十一歳の立花は秀才タイプで物静かな男だという。生家は別荘として使われているらしい。立花は妻子と名古屋市内で暮らしているという話だった。

百面鬼が覆面パトカーから降り、細菌研究所の門を潜った。

「真面目な細菌学者が殺人試合のプロモーターだったなんてことはないっすよね？」

ワンボックスカーの運転席で、松丸が話しかけてきた。

「それは考えられないな。おそらく立花教授は、自分の山林を無断で使われてたんだろう。そうじゃないとすれば、教授はプロモーターに何か弱みを握られて、使用を許可せざるを得なくなったんだろうな」

「学者先生に弱みなんかあるんすかね」

「どんな高潔な人間も、まったく弱みのない奴はいないだろう。医大の教授が製薬会社や医療機器メーカーから億単位の小遣いを貰って逮捕《パク》られたケースもあるし、著名な国立大学教授が助手の女性を研究室でレイプした事件もあったじゃないか」

「そうっすね」

「生身の人間のやることに大きな違いはないさ」

見城は言って、ロングピースに火を点けた。一服し終えたとき、百面鬼が戻ってきた。

「立花は学会があるとかで、札幌に出張中だってよ」

「そう。で、いつ名古屋に戻ってくるって？」

「明日の夕方らしいんだ。それまで待つわけにはいかねえ。見城ちゃん、三宮に引き返して、難波を痛めつけようや」

「そうするか」

見城は言葉を切って、盗聴器ハンターに顔を向けた。

「松ちゃんは東京に戻ってくれ。その代わり、広域電波受信機《マルチバンド・レシーバー》をしばらく貸してほしいんだ」

「それはいいっすけど、おれもつき合いますよ」

「おめえがいると、足手まといになるんだよ。だから、先に東京に帰れって言ってんだ」

百面鬼が口を挟んだ。

「おれだって、少しは……」

「くその役にも立たねえよ。いいから、帰んな」

「わかったっすよ。役立たずのおれは、消えりゃいいんでしょ！」

松丸が不貞腐れた顔で言い、広域電波受信機《マルチバンド・レシーバー》を窓から差し出した。

見城は広域電波受信機《マルチバンド・レシーバー》を受け取り、少し退がった。松丸が見城にだけ目で別れを告げ、ワンボックスカーを急発進させた。午後三時過ぎだった。

「百さんの屈折した思い遣り、おれにはわかるよ」

見城は言った。

「おれが松を思い遣ってるってか？　ばか言っちゃ、いけねえよ。あいつがそばにいやがると、こっちの身が危《ヤバ》くなるじゃねえか。だから、野郎を追っ払っただけさ」

「また、悪党のダンディズムか」

「なに言ってやがんでえ。早く三宮に行こうや」

百面鬼が照れ隠しにことさら乱暴に言い、そそくさとクラウンに乗り込んだ。見城も助手席に坐った。覆面パトカーは名古屋の市街地に向かった。

見城は名古屋駅の近くにある高層ホテルの玄関前で、意外な人物を見かけた。『三友建設』の坪内常務だ。ちょうど覆面パトカーは徐行中だった。

坪内は、ひと目で暴力団関係者とわかる中年男と立ち話をしていた。名古屋の土建会社にでも再就職する気になったのか。

ゼネコン業界と暴力団の繋がりは昔からあった。しかし、坪内は大手総合建設会社の常務まで務めた人物だ。筋者と無防備に接触していることが解せなかった。

しかし、見城はそのことを百面鬼には話さなかった。

名神高速道路に入ると、覆面パトカーは派手にサイレンを響かせはじめた。クラウンは、右の追い越しレーンを走りつづけた。

三宮に着いたのは、午後五時を何分か回った時刻だった。

百面鬼は、関西新土木の本社ビルの少し手前でクラウンを停めた。

「難波を引っぱってくらあ」

「どんな手を使うの？」

見城は訊いた。百面鬼が上着のポケットから、覚醒剤入りのパケを抓み出した。

「こいつを会社の郵便受けにでも突っ込んどくよ」

「百《どう》さん、相手は素人じゃないんだぜ」

「なら、ショック死した藤森が洋館に違法カジノがあるって自供したことにすらあ」

「それで、難波をこの面《メン》パトに乗せるのは難しいと思うがな」

見城は難色を示した。

そのとき、広域電波受信機《マルチバンド・レシーバー》が難波の携帯電話の音声をキャッチした。

「難波さん、例のビデオはもう観ましたよね？」

男のくぐもり声が確かめた。見城は、その声に聞き覚えがあった。謎の脅迫者の声に間違いない。

「メアリーは最初っから、わしを嵌めるつもりやったんやなっ」

「ちょっと気づくのが遅かったですね。ゴンドラの天井に直径三ミリの特殊カメラレンズが仕組んであることにも気づかれなかった。あまりに不用意でしたね」

「やっかましいわい」

「あのゴンドラの中で、難波さんは大変なことをしてしまった。映像データが警察の手に渡ったら、あなたは緊急逮捕されることになるでしょう」

「そっちの狙いは何なんや？　早《はよ》う言わんかい！」

「空港島建設の工事受注は、一切諦めていただきたい」

「なんやて。わしがどれほど根回しに苦労したか知らんわけないやろ。いくらなんでも、それは殺生《せっしょう》や。せめて土砂の利権は、わしとこに回してんか」

「断る！　入札に加わらないことを誓約書に認《したた》めてもらおう。その誓約書と引き換えに、危《ヤバ》いビデオのマスターテープを渡してやろう」

「どこぞで会おうやないか。わしも譲るところは譲るさかい、せめて小口の受注ぐらいは……」

難波が喰い下がった。

「あんたに選択の余地はないんだよ。どうする？」

「くそっ、わしの負けや。そっちの条件を呑んだるわい」

「さすが神戸連合会の理事だ。神戸港の中突堤《なかとってい》にあるポートタワーの前に午後七時に来い。あんたひとりで来るんだぞ」

「わかっとるがな。おたくがビデオのマスターテープを持ってくるんか？」

「いや、使いの者を行かせる。その男はあんたの顔を知ってる。だから、声をかけられるまで待ってればいい」

脅迫者の声が途切れた。

「百《どう》さんが言ってたように、ブロンド美人の背後に悪党がいたんだな」

見城は言った。

「珍しく勘が当たったよ。まぐれだな」

「いや、いや。さすがは現職だね。それはそうと、電話の男は蜂谷組や東日本林業を脅した奴だったよ」

「それじゃ、さっきの野郎が金髪女を使って、『睦友会』をぶっ潰したんだな」

「それは間違いないだろうね。脅迫者は、中部国際空港の工事受注を独り占めする気でいるにちがいない」

「準大手ゼネコンか、大手マリコン三社が臭《くせ》えんじゃねえのか？」

「敵は日本の企業じゃないのかもしれないな」

「アメリカの巨大ゼネコンが主体工事を落札するのは難しいんじゃねえの？　ゼネコン業界と政界は深く繋がってるからな」

「確かにね。しかし、日本の企業を窓口にすれば、それほど業界の反発はないだろう。ただ、そういうダミーの日本企業があるのかどうか」

「そうだな。とりあえず、どっかで腹ごしらえして、問題のビデオテープを横奪《ど》りしようや」

百面鬼が言って、覆面パトカーを走らせはじめた。

見城たちは元町で上海《シャンハイ》料理を食べ、六時半ごろにポートタワーに向かった。百面鬼はポートタワーの少し手前の関西汽船乗り場の脇に車を停めた。

「ビデオのマスターテープを持ってくるのがどんな奴かわからねえけど、素振りが落ち着かねえはずだ」

「だろうね。それから、約束の時間よりも早目に来るだろう」

「ああ、多分な。見城ちゃんは先に外に出て、突堤の先っちょまで行ってくれ。それから、ポートタワーの方にゆっくりと戻ってくれねえか。それらしい奴がいたら、挟み撃ちにしようや」

「わかった」

見城は覆面パトカーを降り、ポートタワーの前を緩《ゆる》やかな歩度で通過した。五階の展望台は明るかった。展望台からは三百六十度の景色が望める。

見城は右手の川崎重工業造船所の灯《ひ》を見ながら、中突堤の端まで歩いた。神戸港の海面は黒々としている。点々と散る船の舷灯が何やら幻想的だ。

左手に七つの突堤が行儀よく並び、その中ほどにポートアイランドに通じる神戸大橋が架かっている。

ポートアイランドは神戸市が十五年の歳月をかけて造った人工島だ。広さは甲子園球場の約百二十倍で、三つの公園やファッション街がある。

市民病院、国際交流会館、青少年科学館などが建ち並び、世界一の大観覧車で有名な神戸ポートピアランドは南端に位置している。隣は南公園だ。神戸港側はコンテナ埠頭で、数隻の大型貨物船が接岸中だった。巨大な起重機《デリック》が忙《せわ》しげに動いていた。

東京湾ほど潮風は油臭くない。見城は踵を返した。

数十秒後、百面鬼から無線連絡が入った。

「ポートタワーの前を行ったり来たりしてる若い男がいるぜ。黒革のハーフコートを着て、黄色い蛇腹《じゃばら》封筒を持ってる野郎だ。あの封筒の中に、ビデオのマスターテープが入ってやがるんだろう」

「ああ、多分ね」

「そいつに職質《バン》をかけて、蛇腹封筒をかっさらうよ」

「近くに、そいつの仲間らしい人影は？」

「見当たらねえな」

「そう。おれは、その男の逃げ道を塞ぐ」

見城は歩度を速めた。

ポートタワーが近づいてきたとき、前方から黒革のハーフコートを着た男が勢いよく走ってきた。その後ろには百面鬼がいた。黄色い蛇腹封筒を手にしていた。

見城は、逃げてくる男を腕刀《わんとう》で薙《な》ぎ倒した。男が引っくり返る。見城は走り寄って、男の脇腹を蹴り込んだ。男が体を丸め、長く呻《うな》った。

「誰からビデオを預かったんだっ」

見城は言いながら、男を摑み起こそうとした。

次の瞬間、男がバタフライナイフを閃かせた。二つに割れる鞘《さや》は蝶《ちょう》に似ている。

見城は少し退がった。男が起き上がり、バタフライナイフを握り直した。すぐ背後に、百面鬼が迫っていた。

男はぎょっとし、岸壁に走った。そのまま大きく身を躍らせ、暗い海に飛び込んだ。

見城と百面鬼は岸壁の際まで駆けた。

男は数十メートル離れた波間で立ち泳ぎをしていた。見城たちの姿に気づくと、彼は大きく息を吸って頭から海中に潜った。

「映像データはいただいた。ひとまず引き揚げよう」

百面鬼が早口で言って、身を翻した。

二人は覆面パトカーまで駆けた。百面鬼がすぐに車を出した。海岸通りの少し手前で、難波のロールスロイスと擦れ違った。後部座席には、体格のいい用心棒が身を潜めていた。

百面鬼はクラウンを五、六分走らせると、小さな家電販売店の前で停めた。

「ここで、ビデオデッキを借りるの!?」

「そうだ」

「しかし、危《ヤバ》いビデオなんだぜ」

見城は言った。

「警察手帳《チョウメン》見せりゃ、テレビとビデオデッキを使わせてくれるだろう」

「店の者に覗かれる心配もあるな」

「遠ざけて映像を再生すりゃ、どうってことねえさ」

百面鬼が先に店に入り、男の従業員にＦＢＩ型の警察手帳を呈示した。従業員は展示用のテレビとビデオが一体になった機種を指さし、奥に引っ込んだ。

客の姿はなかった。

百面鬼が蛇腹封筒からビデオカセットを取り出し、デッキにセットした。二人は画面を塞ぐ位置に立った。

映像が浮かんだ。

ゴンドラ型の観覧席に腰かけているのは、紛れもなく難波だった。難波は足許で怯えている十歳ぐらいの少女にフェラチオを強要しながら、血みどろのデスマッチを眺めていた。

リングで死闘を繰り広げているのは、引退したばかりのプロレスラーと著名な空手使いだった。ともに、週刊誌やスポーツ新聞で謎の失踪と騒がれた格闘家だ。

途中まで優勢だったプロレスラーがパワー空手の達人に蹴り殺されたとき、急に難波が少女の細い首を両手で絞めはじめた。少女は懸命にもがいたが、その抵抗は虚しかった。難波は少女を絞め殺した瞬間、勢いよく射精した。

「変態野郎め、なんてことをしやがるんだ」

百面鬼が憤《いきどお》りながら、停止ボタンを押した。ビデオカセットをデッキから引き抜き、黄色い蛇腹封筒に収めた。

見城は衝撃と怒りを同時に感じていた。

年端《としは》もいかぬ少女に性的虐待を加えた揚句、虫けらのように殺してしまった難波は人間の仮面を被った獣《けだもの》だ。それどころか、獣以下だろう。断じて赦《ゆる》せない。

見城たちは店の者に謝意を表し、覆面パトカーに乗り込んだ。

「難波、赦せねえな」

百面鬼が言った。見城は同調し、すぐに難波の携帯電話を鳴らす。スリーコールで、難波が電話口に出た。

「ポートタワーには誰も行けなくなった」

「おたく、ビデオのマスターテープを持ってる男の仲間か？」

「そうだ」

「どういうこっちゃ。わし、ちゃんと誓約書持ってきたいうのに、誰も来んやないけ」

「事情が変わったんだよ。あんたが少女を絞め殺したビデオは、三億円で買い取ってもらう」

見城は言った。

「三億円やて!?　高すぎるわ」

「なら、刑務所《ムショ》で暮らすんだな」

「ええわい、三億円払うたる。会社の金庫に、そのくらいの現金《ゲンナマ》が入っとったはずや。で、取引場所はどこや？」

「いまから三十分後に生田神社の境内に来い。会社の近くだから、都合がいいはずだ」

「けど、斜め裏が生田署やで。警察署のそばは、いくらなんでも危《ヤバ》いわ」

「おれは臆病な人間なんだよ。すぐ近くに生田署があれば、あんたも妙なことは考えないだろう。それから、付録はなしだぜ」

「誓約書はどないすんねん？」

難波が問いかけてきた。

「誓約書は必要ない」

「ほんまかいな。口止め料払えば、それでいいんやな？　工事受注してもええねんな？」

「好きにしろ。待ってるぜ」

見城は通話を切り上げた。

「それじゃ、集金に行くか」

百面鬼が陽気に言って、覆面パトカーを走らせはじめた。

十数分で、生田神社に着いた。

見城は社殿の短い階《きざはし》の陰に身を潜めた。百面鬼は、社務所の近くの巨木の後ろに隠れた。境内に人影はない。

五分ほど経ったころ、社務所の向こうから黒い影がゆっくりと近づいてきた。

体格のいい用心棒だった。消音器付きの自動拳銃を握っている。暗くて型《タイプ》まではわからなかった。

百面鬼が動いた。振り向きかけた用心棒の体が凍りついた。百面鬼が小型リボルバーの銃口を向けながら、相手の武器を奪った。

鮮やかなものだ。見城は心の中で、相棒を誉めた。

百面鬼が体軀の逞《たくま》しい用心棒を巨木の陰に引きずり込んだ。それから間もなく、キャスターの音が遠くから響いてきた。

難波が札束の詰まったキャリーケースを引きずりながら、こちらに歩いてくるのだろう。

見城は中腰で参道の近くまで走った。

暗がりで、息を殺す。待つほどもなく難波が姿を見せた。やはり、キャスター付きの小豆色のキャリーケースを引いていた。

難波が社殿の裏にたたずみ、闇を透かして見た。

「辰《たつ》、どこにいるんや？　もう片がついたんやろ？」

「…………」

「おい、返事せえや。映像データ、手に入れたんやな？」

　難波が声を高めた。やはり、応答はない。

　見城は躍《おど》り出て、難波の太い首に強烈な手刀打《しゅとう》ちを見舞った。難波が地面に片膝をついてから、横倒しに転がった。見城は踏み込んで、難波の喉笛を蹴り込んだ。

　難波がのたうち回りはじめた。

　見城はサムソナイト製のキャリーケースを横に寝かせ、手早く蓋を開けた。ライターの炎で、中身を検める。札束がびっしり詰まっていた。量感から、三億円はありそうだ。

　百面鬼が大柄な用心棒を押しながら、歩み寄ってきた。

　左手には、奪った消音器付きのベレッタM84を握っていた。イタリア製だ。

「社長、すんまへん。わし、下手打ってしもうて」

　辰と呼ばれた用心棒が面目なさそうに謝った。

　難波は唸るだけで、言葉を返さない。見城は百面鬼からベレッタM84を受け取り、難波を摑み起こした。

「てめえが名古屋地検特捜部の女検事を東洋系外国人に始末させたんだな、毒針で！」

「な、なんのこっちゃ。その女検事がわしの身辺を嗅ぎ回ってることは知っとったけど、始末させたことはないで。ほんまや」

「彼女は『ハーバーライト』って深夜レストランの前で、てめえの手下に狙撃されそうになったんだっ。キャデラック・セビルに乗ってた二人組にな！」

「わし、そのことは知らん。若い者《もん》が勝手にやったことやろ」

難波が言った。

見城は膝で難波の尾骶骨を思うさま蹴り上げた。難波が呻いて、尻から落ちた。見城は消音器の先端を難波の後頭部に押し当てた。

「長生きしたかったら、正直になることだな」

「わし、ほんまに女検事の事件《ヤマ》にはタッチしてへんがな」

「てめえは藤森とつるんで、空港島の工事受注を狙って政官財界人を白い洋館でもてなしただけだっていうのかっ」

「おたくら、何者なんや⁉」

「先に質問に答えろ！」

「そうや、その通りや。わし、根回ししただけで、誰も殺《や》らせてへんわ。そない危いことしたら、神戸連合会の企業舎弟《フロント》預かれへんわい」

「一応、信じてやろう。ところで、神戸プラザホテルのスウィートルームで金髪女と愉しい時間を過ごしたな？」

「あんたら、メアリーの仲間やないのか!?　あの女、わしを汚ない罠《わな》に嵌めよって」

「メアリーとは、いつ知り合ったんだ？」

「一カ月ほど前や。わしがレストランでステーキ喰っとったら、あの女が神戸を案内してくれへんかと話しかけてきたねん。それで、なんとなくつき合うようになってん」

難波が答えた。

「北野の白いゲストハウスに出入りしてる外国の女たちは何者なんだ？」

「あの女たちは、神戸連合会が管理しとるコールガールたちや。メアリーは、その組織の女やないで」

「関西新土木は、アメリカのゼネコンと接触してるんじゃないのか？」

「アメリカのゼネコンは、どこも企業舎弟とは接触したがりまへんわ。手ぇ組みたい思うとるけどな」

「三重の山の中で殺人試合をプロモートしてるのは何者なんだ？　暴力団の人間が絡んでるはずだ」

「それはようわからんけど、中京会が嚙んでるかもしれんな。中京会梅川《うめかわ》組の組長がおったさかい」

「中京会は、名古屋の最大組織だな？」

「そや。ただ、神戸連合会とは友好団体やさかい、わしを嵌めるとは思えんのやけど」

「組長の名は？」

「梅川良夫《よしお》や。若いころは中京会一の暴れん坊やったんやけど、四十過ぎたら、すっかりおとなしゅうなったみたいやな」

「ベルトを抜いて、おれに渡せ！」

「なんなんや、急に。なに考えてんねん？」

「逆《さか》らうと、死ぬことになるぞ」

見城は凄んだ。

難波がブランド物の革ベルトを外した。見城はベルトを受け取り、百面鬼に目で合図を送った。

百面鬼がにやりとして、体格のいい用心棒に声をかけた。

「這いつくばって、親分のペニスをくわえてやれや」

「なに言うてんねん⁉　社長もわしも、男には興味ないねんで。女一本槍や」

「いいから、やるんだっ」

見城はベレッタM84で用心棒の右腿《みぎもも》を撃ち抜いた。辰が前のめりに倒れる。

「もう赦してんか。金は、ちゃんと三億入っとる。男にしゃぶられるぐらいやったら、死んだほうがましや」

難波が喚いた。

見城たち二人は耳を貸さなかった。二挺の拳銃で威嚇しながら、用心棒にフェラチオを強いた。辰は威しに屈した。

難波は分身を含まれながら、悔し涙を流しはじめた。

惨《むご》い殺され方をした少女の恨みを晴らしてやらなければならない。見城はベレッタM84をベルトの下に突っ込むと、ブランド物の革ベルトを難波の首に掛けた。

難波がびっくりして、ベルトの下に指を差し入れようとした。

見城はベルトの両端を力まかせに引き絞った。首の骨が音をたてて折れた。難波は泥人形のように頽《くずお》れた。辰が肘を使って、上体を起こした。

すかさず百面鬼が大男の側頭部を蹴りつけた。辰は白目を剝きながら、気を失った。

見城は難波の首から高級革ベルトを外し、ハンカチで自分の指紋を拭いはじめた。

2

名古屋地検の建物が見えてきた。

見城は胸苦しさを覚えた。脳裏には、聡美の笑顔が浮かんでいた。悲しみも迫り上げてきた。鼻腔の奥が、つーんとした。涙が出そうだ。

見城はＢＭＷを路肩に寄せて、煙草に火を点けた。

名古屋入りしたのは数十分前だった。百面鬼は愛知県警本部の知人を訪ね、中京会梅川組のことを探っているはずだ。

二人は昨夜、大阪の超高級ホテルに泊まった。難波から脅し取った三億円を半分ずつ分け、見城たちは曾根崎新地の高級クラブを飲み歩いた。

たったのひと晩で、見城は三百万円近く遣《つか》ってしまった。しかし、別に後悔はしていない。所詮、悪銭は身に着かないものだ。

二人がホテルに戻ったのは明け方だった。

百面鬼は気に入ったホステスを三人も自分の部屋に招き、何時間も乱痴気騒ぎをしていた。だが、見城は水商売の女と戯れる気にはなれなかった。

寝入って間もなく、彼は死んだ美人検事の夢を見た。

夢の中で聡美は泣いていた。理不尽な形で人生にピリオドを打たされたことを嘆き悲しみ、運の悪さを呪ってもいた。

見城は、聡美が自分に犯人を見つけてくれと訴えているように感じられた。ロマンスと呼ぶには短すぎる触れ合いだったが、単なる遊びではなかった気もする。

肌を重ねているときはもちろん、一緒にいる間、ときめきに似た甘い感情が胸を充《み》たしていた。聡美の表情にも、明らかに安らぎが宿っていた。魂が触れ合ったことは確かだ。

見城は自分なりに決着をつけなければ、聡美の死を乗り越えられない気がした。そこで、彼女とコンビを組んでいた検察事務官に会ってみる気になったのだ。

見城は一服すると、車を降りた。

午後三時過ぎだった。名古屋地検の玄関ロビーに入りかけたとき、奥から唐津が現われた。

毎朝日報の遊軍記者だ。旧知の新聞記者である。

「おう！　おたくがなんでここに？」

「先輩に頼まれた調査に区切りがついたんで、ちょっと榊原さんの事件《ヤマ》を洗ってみようと思ったんですよ」

見城は、とっさに言い繕った。

「で、地検の誰を？」

「榊原さんが張りついてたという美人検事とコンビを組んでた検察事務官に面会を申し込むつもりなんです」

「おれ、その検察事務官に会ってきたんだよ」

「そうだったんですか。それで、収穫は？」

「いろいろあったよ。どっかでコーヒーを飲みながら、ゆっくり話そうか」

唐津が語尾とともに、せかせかと歩きだした。先日の服装とまったく同じだった。髪の毛にも櫛《くし》を入れた様子はない。

二人は四、五百メートル歩き、小さなコーヒーショップに入った。

奥まったテーブル席に向かい合い、どちらもブレンドコーヒーを頼んだ。ウェイトレスが遠ざかると、唐津が先に口を開いた。

「特捜部の草刈聡美の話をする前に、榊原のネガフィルムのことを言っとこう」

「榊原さんは生前、写真のネガを誰かに預けてたんですね？」

「そうなんだ。榊原はゼネコンの利権争奪戦の取材と並行して、連続少女誘拐事件も調べてたようなんだよ」

「そういえば、三、四カ月前から愛知、三重、岐阜の三県で小学校高学年の女の子が十何人、行方不明になってますね。一部のマスコミが、現代の神隠しかなんて時代がかった書き方をしてた」

「そうだったな。明らかに連続誘拐事件さ。榊原は、その証拠写真を撮ってたんだ」

「ほんとですか⁉」

　思わず見城は、声を高めてしまった。

「もちろんだ。榊原はネガを自然保護運動の仲間に送ってたんだよ。しかし、その人物は榊原があんな死に方をしたんで、ネガのことを内緒にしてたわけだ。しかし、それでは気が咎めるというんで、うちの社会部にネガを送ってきたんだよ」

「唐津さん、その紙焼きは？」

「持ってるよ」

　唐津が上着の内ポケットから、幾葉かの印画紙を取り出した。それを受け取り、見城は写真に目を落とした。

　塾帰りらしい十歳前後の少女が、やくざっぽい男にライトバンの後部座席に押し込まれかけている場面が写されていた。カラーだ。

　榊原が大声をあげたらしく、二枚目の写真には男の顔が写っている。三枚目の印画紙には、走り去るライトバンと泣いている少女の姿が写し出されていた。

ライトバンのナンバープレートの数字は、粘着テープで隠されていた。計画的な犯行と思われる。

誘拐は未遂に終わったが、写真の男が一連の連続少女誘拐事件の犯人の疑いが濃い。

榊原は、そのときに撮ったフィルムをプラスチックの密封容器に入れて、どこかに隠そうとしたのだろう。しかし、思い直して自然保護運動の仲間に預けたにちがいない。

見城は、三葉《よう》の写真を唐津に返した。

「おそらく榊原はこの写真を撮った後も、少女誘拐の犯行グループを追ってたんだろうな。そして、殺されることになってしまったんだと思うよ」

「そう考えられそうですね」

「榊原の奴……」

唐津が湿った声で呟き、コーヒーカップを口に運んだ。

榊原は誘拐犯グループを追って、三重の山中にある殺人試合リングを探り当てたのだろう。ドーム型の怪しい建物のそばに落ちていたネーム入りの銀色のボールペンが、それを裏付けている。

「検察事務官からは、どんな手がかりを得たんです?」

「そうだ、その話もしないとな。名古屋駅構内で毒殺された草刈検事は中部国際空港建設工事に絡む汚職に目を光らせてたらしいんだが、その一方で新国際空港の建設に強く反対してた名古屋空港関係者、常滑の漁業組合員、自然保護団体のリーダーたちが半年ほど前から相次いで厄介な病気になったことに関心を示してたらしいんだ。きっと女検事は犯罪の臭いを嗅ぎつけたにちがいない」

「厄介な病気というのは？」

「おたく、死の病原体プリオンのことを知ってるか？」

「ええ、多少は」

見城は控え目に答えたが、致死率百パーセントといわれている謎の病原体にはかなり興味を持っていた。

この恐るべき病原体を発見したのは、ノーベル生理学・医学賞単独受賞を射止めたスタンリー・プルシナー博士である。

そもそもプリオンとは蛋白質性感染粒子の略称だ。ノーベル生理学・医学賞を授与されたプルシナー博士は、プリオン蛋白質そのものが感染性病原体であるという仮説を早くから発表していた。そして、一九八四年に病原体の精製に成功している。

プルシナーは精製を繰り返し、感染能力のある分画を絞り込み、そこに存在する蛋白質を突きとめた。それはプリオン蛋白質と命名された。

その異常型プリオン蛋白質は神経細胞の細胞質に蓄積し、脳を空胞化させる。さらに増えると、海綿状変性の病変となる。

平たく言えば、脳がスポンジ化して役に立たなくなってしまうわけだ。

狂牛病や新型クロイツフェルト・ヤコブ病などを引き起こす不死身の病原体は、放射線照射をしても、三百六十度の高温でも滅《ほろ》ぼせない。

怖いことに、プリオンは食肉、化粧品、医薬品にまで潜んでいるという。運悪く感染すれば、痴呆、全身痙攣《けいれん》の末に百パーセント命を奪われる。しかも、予防手段も治療方法もない。

何よりも不気味なことは、遺伝子がないにもかかわらず、増殖しつづけるという事実だ。ほんのわずかな量の病原体を接種しただけで、確実に発病を引き起こすといわれている。

いま現在、細菌やウイルスも見つかっていない。ちなみに、未知のウイルス説を唱える専門家もいる。

「常滑沖の空港島建設に反対してた人々が揃いも揃って、死の病原体プリオンに冒されてたとなれば、検事さんじゃなくても気になるよな」

「そうですね」

「空港島建設を待ち望んでた連中の中の誰かが、反対派のリーダーたちの脳細胞に感染液を注射したのかな。いや、これは少し不謹慎だった。聞き流してくれ」

「プリオンに冒された人たちには気の毒だが、その可能性はありそうですね。空港建設推進派の政官財界人、それから工事受注を狙ってるゼネコンやマリコンの中にそういうことをした奴がいるのかもしれませんよ」

「おたく、誰か思い当たる人物がいるような口ぶりだな。何か隠してるんじゃないのか。え？」

　唐津が探りを入れてきた。見城はすぐに否定したが、中京医科大学附属細菌研究所の立花教授のことを密かに考えていた。

　細菌研究所には、各種の細菌やウイルスが研究用として培養されているはずだ。謎の病原体プリオンのサンプルがあっても不思議ではない。

「美人検事がプリオンに冒された人たちに関心を持ったのは、よくわかるんだ。間接的ながら、その人々は中部国際空港問題に関わりがあるからな。しかし、なぜ榊原が連続少女誘拐事件に興味を持ったのか、それが謎なんだよ。あいつは、あまり器用な奴じゃなかったんだ。空港島絡みの取材でも手一杯だったと思うんだがな」

「そうだったんでしょうね」

「二つの取材はどこかでリンクしてるんだろうか」

唐津がハイライトに火を点け、考える顔つきになった。

見城は唐津の勘の鋭さに驚きながらも、表情には出さなかった。ポーカーフェイスで、コーヒーをブラックで啜った。

路上で拉致された少女たちは三重県山中の殺人試合会場に連れ込まれ、ゴンドラ型の観覧席で客たちに性的な奉仕を強いられていたにちがいない。

難波の殺人行為を捉えたビデオテープの残酷なシーンが瞼の裏に蘇った。殺された少女の胸は、ほんの少し膨らんでいるだけだった。まだ恥毛は生えていなかった。

そんないたいけな少女の愛らしい唇や舌を歪《いびつ》な欲情で穢《けが》した難波の蛮行は、死をもっても贖《あがな》えない。地獄の底まで堕ちるべきだ。

見城は難波を殺したことを後悔するどころか、むしろ誇らしく思っていた。

救いようのない極悪人は、生きる価値がない。法で裁けなければ、誰かが葬るべきだろう。そのために自分が人殺しの烙印を捺されても、みじんも恥じる気持ちはなかった。

「見城君、どうした？」

「え？」

「急に黙りこくっちゃったじゃないか。おたく、おれの知らない情報《ネタ》を掴んでるんじゃないのか？」

「そうだったら、唐津さんに真っ先に教えてますよ」

「ほんとかね。おたくは遣《や》らずぶったくりだからなあ。これまで、どれだけ情報を持ってかれたか」

「それは誤解ですよ。刑事根性がいまも抜けないんで、いろんな事件に関心を持ちましたけど、一度も犯人《ホシ》を割り出せなかったでしょ？」

「表ではな」

唐津が含みのある言い方をして、短くなった煙草の火を揉み消した。

「表も裏もないですよ。おれには」

「よく言うぜ、おたくが新宿署の疫病神とつるんで裏で何かやってるのはわかってるんだ。松丸君を助手にしてな。いつかも同じことを言ったはずだよ」

「ええ、憶えてます。しかし、何度も言いますが、唐津さんは何か勘違いしてるんですよ。百《どう》さんとおれは何も危《ヤバ》いことなんかしてません」

「二人とも時々、妙に金回りがよくなるよなあ。なんでなのかね」

「おれたち、ちょっと虚栄心が強いんです。で、たまに見栄張ってんですよ」

「なんだって、おれは警戒されるのかな。見城君とはもちろん、新宿署の生臭坊主とも長いつき合いだ。松丸君も、よく知ってる。なのに、仲間外れか。淋しいね、淋しいよ」

「まいったなあ、おれたち、唐津さんを除け者にした覚えはないがな」

見城は困惑顔を向けたが、胸の中は揺れはじめていた。

ぼやいた唐津は真顔だった。

見城たちの裏稼業を知っても、唐津が警察に密告することはあり得ないだろう。法こそ無視していないが、ベテランの遊軍記者もどこかアナーキーな面があった。

少なくとも、法網を巧みに潜り抜けている権力者や卑劣漢たちを憎んでいた。そういう意味では、いわば同志とも言える。しかし、唐津は基本的にはエリートだ。はぐれ者として、仲間に引きずり込むのは気の毒すぎる。

「悪かったよ、つまらないことを言い出して。榊原が死んだこともあって、最近、ちょっとネガティブになってるんだ」

「気にしてませんよ。それより、女検事殺しの捜査状況はどうなんです？」

「警察と地検はライバル同士でもあるけど、いわば親類みたいなもんだから、捜査本部は犯人《ホシ》のスピード検挙に力を尽くしてるよ。しかし、有力な手がかりはまだ摑んでないらしい」
「犯人が東洋系の外国人だったという目撃証言があるんだから、もう少し進展してても
よさそうだがな」
「そのうち、必ず犯人は逮捕されるさ」
「早くその日が来るといいですね。美人検事の告別式は、もう済んだんでしょ？」
「きのう、実家の浜松でな。死に方が死に方なんで、近親者による密葬だったそうだ。
見城君にも一度会わせたかったな。草刈検事は、とても魅力のある女性だったんだ。里
沙ちゃんといい勝負だったかもしれない」
「それだったら、ぜひ会ってみたかったな」
見城は澄ました顔で言った。
その直後、唐津の携帯電話が鳴った。社からの緊急連絡のようだ。見城は気を利かせ
て、先に席を立った。唐津は携帯電話を耳に当てながら、片手で拝む真似をした。
二人分の勘定を払って、店を出る。
聡美は静岡育ちだったのか。道理で名古屋弁を使わなかったはずだ。いつか機会があ
ったら、墓参りをしてやろう。
見城はＢＭＷに乗り込み、名古屋駅に向かった。

数キロ走ると、百面鬼から電話がかかってきた。

「中京会の梅川は去年の秋、インターネットを使って幼児のポルノ映像を世界中に流してたらしいぜ。摘発されたんだが、証拠不十分で起訴処分は免れてる」

「幼児ポルノか」

「何か思い当たるのかい？」

「百《どう》さん、難波に殺された女の子は梅川組の組員に路上で拉致されたとは考えられないかな」

「それ、当たり《ビンゴ》だよ。梅川は、なんとかって変態なんだろう。えーと、なんて言ったかな。ペドロじゃなく……」

「幼児性愛《ペドファイル》だろ？」

「そう、それだ。オランダやベルギーで、そういう変態どもが幼女を誘拐して殺した事件《ヤマ》が何件かあったじゃねえか」

「欧米にはその種の嗜好者ネットワークがあって、インターネットで盛んに情報交換してるようだよ」

「赦せねえな、そういう奴らは」

「同感だね」

見城は言葉に力を込めた。

「そりゃそうと、もう一つおかしな話を聞いたんだ」

「どんな?」

「なぜだか梅川が、中京医科大学附属細菌研究所の立花教授を自分のゴルフコンペによく誘ってるらしいんだよ。何か見えてくるか?」

「確か立花教授は、きょう、北海道から戻る予定だったでしょ?」

「そのはずだよ」

百面鬼が言った。

「研究所の前で落ち合おう」

「なんだい、急によ。見城ちゃん、説明してくれや」

「会ったときに詳しく話すよ。とにかく、研究所に行こう」

見城は電話を切って、左のウインカーを灯した。

3

尾行されているのか。

見城は、後続の黒いカローラが気になった。

名古屋地検の近くから、ずっと追尾してくる。ドライバーは濃紺のスポーツキャップを目深に被り、しかもサングラスで目許を隠していた。

カローラのナンバープレートには、〝わ〟の文字が見える。レンタカーだ。

あと数キロも走れば、中京医科大学附属細菌研究所に着く。しかし、後ろの車が気になって仕方がない。百面鬼を少し待たせることになるかもしれないが、カローラのドライバーの正体を確かめてみるか。

見城は次の交差点を左に折れた。

すぐにミラーを仰ぐ。やはり、カローラも左折した。

今度はBMWを右折させてみた。後続の車も同じように右に折れた。

尾行されていることは、もはや間違いない。難波の手下が三億円を奪い返しにきたのか。あるいは、神戸連合会が殺し屋《ヒットマン》を放ったのだろうか。

しばらく走ると、土手道に出た。

見城は土手道を数百メートル走った。左手には河川敷《かせんしき》が拡がっている。川縁で釣り糸を垂れている老人がいるだけで、ほかに人の姿はない。

見城は車ごと河川敷に降りた。

葦《あし》に似た丈の長い水草がところどころに固まって繋っている。ＢＭＷを停めると、見城はグローブボックスを開けた。

ウエスの奥にベレッタM84と消音器がある。難波の用心棒から奪った物だ。

安全弁が掛かっていることを確認してから、筒状の消音器を装着した。次にマガジンキャッチのリリース・ボタンを押し、銃把《グリップ》から弾倉《マガジン》を引き抜く。九ミリ弾が七発残っていた。

見城は弾倉を銃把に戻し、サイレンサーを嚙ませたベレッタを腰の後ろに突っ込んだ。

不審な車は、土手道に停まったままだった。

見城は外に出た。川面は西陽を吸って、緋色に染まっている。光の鱗《うろこ》が眩い。

見城は十メートルほど川辺に寄り、ロングピースをくわえた。火を点けながら、小さく首を振った。

スポーツキャップの男が土手の斜面を駆け降りてくる。身ごなしが軽い。

見城は煙草をくわえたまま、体の向きを変えた。男は河原を歩きながら、左手を宙に浮かせた。

五指の間には、手裏剣に似たナイフが四本挟まれている。手投げナイフだろう。

四本のナイフの切っ先には、樹液のようなものが塗られている。猛毒のクラーレか。

クラーレはアマゾン流域の熱帯性樹木の樹皮から採取される毒物で、動物の運動神経を麻痺させる。致死率は、きわめて高い。

有毒植物は数百種もある。致死性の高いものではトリカブトや西洋夾竹桃《きょうちくとう》が知られているが、ポインセチア、ジャスミン、毒ぜりなどでも命を落とすことがある。

怪しい男が毒針で聡美を殺したにちがいない。

見城は、火の点いた煙草を爪で弾いた。それはスポーツキャップの男の足許に落ちた。

男が煙草の火を踏み消し、歪な笑みを浮かべた。

次の瞬間、細いナイフが飛んできた。手裏剣のような疾《はや》さだった。

見城は身を躱《かわ》し、ベレッタM84を引き抜いた。

ほとんど同時に、二本目のナイフが襲いかかってきた。見城は肩から転がった。素早く身を起こし、威嚇射撃した。男は少しも怯まなかった。

見城は男の脚に狙いをつけて、二弾目を放った。

男が高く跳躍する。銃弾は標的から逸れてしまった。

手投げナイフが、たてつづけに二本疾駆してきた。

見城は横に転がり、寝撃ちの姿勢で三発目を撃った。脇腹に被弾した男が倒れた。弾みで、スポーツキャップとサングラスが地に落ちた。

浅黒い顔は東南アジア系の面差しだった。といっても、マレー系の顔立ちではない。ベトナム人かもしれない。

「動くなよ」

見城は用心しながら、立ち上がった。男は銃創に手を当て、忌々《いまいま》しそうな表情で鋭く睨みつけてきた。見城は声を投げた。

「ベトナム人か？」

「………」

「答えないと、また撃つぞ」

「そう。でも、いまはアメリカ人。子供のとき、移民した」

男がたどたどしい日本語で答えた。

「名前は？」

「グエンだ」

「おまえが名古屋駅の構内で、草刈聡美を毒針で殺《や》ったんだなっ」

「………」

「返事をしろ！」

見城は声を荒《すさ》ませた。

そのすぐ後、男が黒っぽい果実のような塊を投げつけてきた。手榴弾だった。

見城は横に走って、身を伏せた。炸裂音が轟き、赤い閃光が走った。砂利があたり一面に飛び散り、煙幕が視界を塞いだ。

見城は立ち上がり、斜めに走った。

グエンと名乗ったベトナム系アメリカ人が、ちょうど土手の斜面を駆け上がったところだった。見城はベレッタを構えた。しかし、グエンの姿はすぐに見えなくなった。

カローラが動きはじめた。

見城は地を蹴った。河川敷を横切り、土手道まで一気に駆け登る。だが、グエンの車はとうに遠ざかっていた。

見城はレンタカーのナンバーを頭に刻みつけ、自分の車に駆け戻った。釣りをしていた老人が、こわごわ河原の様子をうかがっている。

見城はBMWを大急ぎで発進させ、土手道に上がった。やみくもに数分走り、住宅街の路上に車を停めた。見城は電話局で市内のレンタカー会社の電話番号を教えてもらうと、刑事を装って片端から電話をかけまくった。

八本目の電話で、カローラを貸し出した営業所がわかった。

「車を借りた人間を教えてほしいんだが？」

「岸上昌晴《きしがみまさはる》さまですね。ご住所は名古屋市昭和区……」

　相手が正確な住所を告げた。

「岸上本人がカローラを借りに来たのかな？」

「はい、そうです。わたくしが、ご本人の運転免許証を見せていただきましたので、間違いありません」

「岸上の年恰好は？」

「四十歳前後でしょうか。長身で、イタリアのブランド物のスーツを着てらっしゃいました。もしかしたら、若手の実業家なのかもしれません」

「そう思った理由は？」

「岸上さまは、領収証はご自分の会社名宛にしてもらえないかとおっしゃったんですよ」

「その社名、憶えてる？」

「えーと、確かマリンプラント・コーポレーションでしたね」

「ご協力、ありがとう」

　見城は通話を切り上げ、今度は東京の坂巻に電話をかけた。

「先輩、名古屋のマリンプラント・コーポレーションって会社について、教えてくれませんか」

「その会社は、急成長中の海洋土木業者《マリコン》だよ。社員は三百人ほどしかいないんだが、アメリカ製の最新型の掘削・埋め戻し船を何隻も持ってるんだ。初代の社長のときは細々と浚渫《しゅんせつ》や護岸工事を請け負ってたんだが、アメリカの有名工科大学の大学院で海洋土木工学を修めた二代目が近代経営を実践して、飛躍的に業績を伸ばしたんだよ。十年後には大手マリコン三社と肩を並べるようになるかもしれないな」

「二代目社長は、岸上昌晴って名なんですね」

「そうだが、おまえ、何を調べてるんだ？」

坂巻が訝しげに問いかけてきた。

「たいしたことじゃないんです」

「おまえ、まさか岸上が『睦友会』を解散に追い込んだと考えてるんじゃないよな」

「そんなことは考えられませんか？」

「ああ。岸上社長は若手経営者で構成されてる中京商工会議所の会頭を務めてるんだ。そんな要職に就いてる人間がギャングめいたことはやらんだろう」

「そうですかね。それはそうと、常務だった坪内寿行さんはどうしてます？　先日、名古屋のホテルの前で偶然に見かけたんですよ。声はかけませんでしたけど」

「意外に元気だよ。会社に迷惑をかけたからって、退職金は半分しか受け取らなかったって話だ。やっぱり、坪内さんの生き方はカッコいいよな」

「今後、どうされるんだろう？」

「外資系のヘッドハンターが坪内さんに接触してるって噂だから、いずれアメリカの巨大ゼネコンの日本支社長にでもなるんじゃないかな。アメリカの巨大ゼネコンのグローバル・プラント、J&W、ウォレス社の三社が日本進出を狙ってるらしいんだ。グローバル・プラントは、早くも常滑《とこなめ》に現地事務所を設けて入札参入の構えらしい。空港島の主体工事はダークホースが引っさらうことになるかもしれないな。わが社は参入を見送らされてしまったが……」

「残念ですね」

「ああ。規模はぐっと小さくなるが、神戸空港の入札を狙うよ」

「そのうち、先輩を励ましてやらないとな。とりあえず、きょうはこれで！」

見城は電話を切った。

坪内が名古屋のホテルの玄関前で、柄の悪い中年男と立ち話をしていたことがどうも気になる。坂巻の話だと、坪内は別に落ち込んではいないらしい。すでに好条件で、再就職先が決まっているのか。

見城は携帯電話を所定のポケットに収め、ＢＭＷを走らせはじめた。

十分ほどで、中京医科大学附属細菌研究所に着いた。百面鬼は研究所の横に駐めた覆面パトカーに凭れて、所在なげに葉煙草《シガリロ》を吹かしていた。

見城はBMWをクラウンの後ろに停め、すぐに外に出た。

「遅かったじゃねえか。見城ちゃん、何してたんでえ？」

百面鬼が不満顔で言った。

見城はベトナム系アメリカ人に命を狙われたことを明かした。レンタカーの借り主のことも喋った。

「その岸上って野郎が『睦友会』をぶっ潰して、秘密のデスマッチに空港島関係者たちを招いてたんじゃねえのか？」

「その可能性はありそうだね。それから、フリージャーナリストの榊原充と名古屋地検の女検事を始末させたのも、岸上って奴かもしれない」

「だとしたら、金髪女を使って難波を嵌めたのもマリンプラント・コーポレーションの二代目社長なんじゃねえか」

「ああ、おそらくね」

「そうそう、梅川の顔写真《ガンクビ》をコピーしてもらったんだ。この野郎だよ」

百面鬼がそう言って、カラーコピーを差し出した。

見城は梅川の顔を見た。なんとホテルの前で坪内と立ち話をしていた男ではないか。二人は、どういう関係なのか。

「この男なら、見かけたことがあるよ」

「なんだって!?」

「こないだ、名古屋駅近くのホテルの前で、三友建設の常務だった坪内寿行と立ち話をしてたんだ」

「大手ゼネコンの役員と暴力団の組長が立ち話か。ちょいと気になるな。ひょっとして、坪内はマリンプラント・コーポレーションに再就職する気なんじゃねえのか?」

百面鬼が言った。

「いや、それは考えられないな。退職に追い込まれたといっても、坪内は、三友建設の常務だったんだ。マリンプラント・コーポレーションが急成長中の会社とはいえ、所詮、新興の海洋土木業者にすぎない」

「そんな新興企業に入るのは、元大手ゼネコン重役のプライドが許さねえってわけか?」

「だろうね。それに、坂巻先輩の話によると、外資系のヘッドハンターが坪内に接触してるって噂があるらしいんだ」

「それじゃ、坪内はアメリカの巨大ゼネコンのどこかに再就職する気なんじゃねえのか？」

「考えられるな、それは。アメリカの巨大ゼネコンは関西空港建設のプロジェクトが本決まりになったころから、日本の大きな公共事業や民活関係の工事を請け負いたくて、ありとあらゆる方法で日本政府に圧力を掛け、ついに入札参入まで漕ぎつけた」

「けど、政権と国内ゼネコンは癒着してるから、アメリカのゼネコンは大口受注は落とせてねえよな？」

「ああ、まずね。そこで、アメリカの巨大ゼネコンのどこかが国内大手ゼネコン六社で構成されてた談合組織『睦友会』潰しを画策した。それに坪内が手を貸したとすれば、巧みなマッチ・ポンプってことになる」

見城は胸に拡がりはじめている疑惑点を初めて口にした。

「そっちの言った通りだったら、ほんとに巧みなマッチ・ポンプだよな。坪内もスーザンとかいう金髪美人の色仕掛け《ハニートラップ》に引っかかったといって、辞表を書いたんだからな」

「ああ。疑わしい点は、ほかにもあるんだ。坪内はスーザンとの情事を隠し撮りされたと怯えてたが、おれと会う前に肝心のビデオのマスターテープは焼却してしまったと言ってたんだよ」

「最初っからスキャンダラスなビデオなんかなかった？」

「そうなのかもしれないね。実際にスーザンの色仕掛けに引っかかったのは、丸林組、五井開発、トミタ住建、蜂谷組、東日本林業の役員だけだったんだろう」

「ほかに坪内を疑う材料は？」

「あるんだ。これも坂巻先輩からの情報なんだが、坪内は好景気のころに他《た》の重役たちの反対を押し切って、アメリカやオーストラリアの不動産を買い漁《あさ》ったらしいんだよ」

「あのころは、不動産が投資対象になってたからな。現に短い間に大儲けした企業が何社もあったじゃねえか」

「そうだったな。しかし、バブルが弾けて、不動産の資産価値はあれよあれよという間に一気に下落した。それで結局、坪内は会社に大損させたらしいんだよ。降格されても当然なんだが、それまでの貢献度が高かったということで、坪内は常務のポストから引きずり下ろされずに済んだという話だったな」

「そんなにでっけえ失敗《ドジ》をしたんじゃ、もうてめえの先は知れてる。で、坪内は『睦友会』潰しを手土産にして、アメリカの巨大ゼネコンに鞍替えする気になったってことだな？」

百面鬼が確かめる口調で訊いた。

「そうなんだろうな。しかし、『睦友会』の入札を諦めさせるだけでは、まだ不安は残る。そこで、坪内は中京会梅川組を使って、例の三重県の山の中で開かれてた殺人試合に空港島建設に関わりのある政官財界人を招いて、その弱みを押さえさせたんだろう。ゲストの多くは、難波と同じようにセックスペットたちを嬲《なぶ》ってたにちがいない」

「だろうな。そんなシーンをビデオで隠し撮りされてたら、政財界の大物や高級官僚も逆らえなくなっちまう」

「そうだね。しかし、アメリカの巨大ゼネコンが表面に出ることはできない。で、坪内は受注の窓口として、急成長中の新興海洋土木会社マリンプラント・コーポレーションを選んだんだろう」

「つまり、ダミーだな？」

「そう。おそらく坪内は、マリンプラント・コーポレーションの二代目社長の岸上昌晴とは以前から何らかのつき合いがあったんだろう。そうじゃないとしたら、アメリカの巨大ゼネコンが留学体験のある岸上の会社をダミーに仕立てたんだろうね」

「おれは、後者だと思うな。おそらく横文字に強《つえ》え岸上が高級娼婦か産業スパイだったスーザンをアメリカから呼び寄せて、ひと働きさせたんだろう」

「そうかもしれない。そして坪内か岸上のどちらかが、連続少女誘拐事件と闇のデスマッチのことを嗅ぎつけた榊原充を梅川組の組員に始末させた」

「名古屋地検の女検事は、グエンとかいうベトナム系アメリカ人の殺し屋に殺《や》らせたってわけか」

「大筋は間違ってないと思うよ。敵は新国際空港建設に強硬に反対してた人々を目障りに感じて、梅川を通じて立花教授からプリオンの培養液か感染液を手に入れたんだろう」

見城は謎の病原体について説明を加えた。

「話の辻褄は、ぴったり合うじゃねえか。立花は、梅川にどんな弱みを握られたんだろうな」

「おれの勘だと、教授にはロリータ・コンプレックス趣味があるか、幼児性愛嗜好者《ペドファイル》なんだと思う」

「よし、そいつを確かめに行こうや」

百面鬼が肩をそびやかして歩きだした。見城は後につづいた。

門衛はいなかった。二人は細菌研究所の中に入り、奥に突き進んだ。

立花教授の研究室は一階の奥まった場所にあった。百面鬼が軽くノックして、勝手に研究室に入った。見城も入室する。

手前に専門書の詰まった書棚と応接ソファセットがあり、衝立の向こうに五十年配の知的な風貌の男がいた。背広の上に白衣を羽織って、パーソナル・コンピューターに向かっていた。

「立花さんだね?」

百面鬼が警察手帳を短く呈示し、まず確かめた。

「はい、立花です。この研究室に警察の方がお入りになったのは初めてですよ」

「そう。あんた、中京会梅川組の組長とよくゴルフをやってるな?」

「えっ」

「梅川にどんな弱みを握られたんだい。おおかた幼児ポルノ絡みなんだろうな」

「ばかな冗談はやめてください」

立花は言いながら、ひどく狼狽した。どうやら図星だったらしい。

「先生、ちょっとパソコンから離れてくれねえか」

「きみ、言葉がぞんざいすぎやしないかね?」

「うるせえんだよ、変態野郎が!」

百面鬼が怒鳴って、立花を椅子から突き落とした。それから彼は、フロッピーディスクを検べはじめた。

見城は壁際のキャビネットをチェックした。すると、奥に小ぶりの書類入れがあった。その中には、幼児ポルノ写真がびっしり詰まっていた。被写体は白人の幼女ばかりだった。性器に花やサインペンを挿入した構図が多かったが、排尿時の大写しもあった。

そうした写真を取り除くと、立花自身が写っているプリントが出てきた。十一、二歳の少女をレイプしているときの連続写真だった。

立花が絶望的な溜息をついて、床に坐り込んだ。

「おしまいだな、何もかも終わりだ」

「レイプ写真は梅川に隠し撮りされたんだな？」

見城は訊いた。

「そうだ。わたしは、あの男に嵌められたんだよ。わたしは、梅川組長がインターネットで流していた幼児ポルノ画像にアクセスしたことがあるんだ。そんなことで、梅川が自由にできる女の子がいると誘いの電話をかけてきたんだよ。まさか罠だとは思わなかったんで……」

「後で、高い授業料を払わされることになったわけだな？」

「その通りだよ。しかし、お金をせびられたんじゃないんだ」

「あんたは親から相続した鈴鹿山中の土地を無償で使われ、梅川にプリオンの培養液か感染液を持ってかれたんだろう？　えっ！」

「警察は、もうそこまで知ってるのか。ああ、本当にわたしの人生はおしまいだ」

立花は両手で頭髪を掻き毟《むし》った。

「梅川が死の病原体プリオンをどう使ったかは察しがついてるな？」

「ああ、それはね。大変なことをしてくれたと思ったが、わたしにはどうすることもできなかったんだ」

「梅川の背後にいる人間は誰なんだっ」

「それはよくわからないが、一度、わたしの前で岸上という人物に電話をして、何か指示を仰いでたことがあったよ」

「梅川に電話をして、うまくこの研究室に誘い込んでもらおうか」

見城は言うなり、立花の腹に前蹴りを見舞った。

靴は十センチ以上めり込んだ。立花がむせながら、横に転がった。むせるたびに、口から血の泡が零《こぼ》れた。内臓が破裂したのだろう。

少し待つか。

見城はポケットから、煙草とライターを掴み出した。

4

ヘッドライトの光が近づいてきた。

梅川の車だろう。あと数分で、約束の午後八時だ。

見城は細菌研究所の前の暗がりに身を潜めていた。

立花が梅川に折り入って相談があると電話をしたのは数時間も前だった。梅川は本能的に自分の身に危険が迫ったことを感じ取ったのか、すぐには時間の都合がつかないと言った。組長は少し考えてから、八時に立花を訪ねると約束して先に電話を切った。

梅川は時間を稼いで、その間に岸上に罠の気配を感じたことを報告に走ったのだろう。あるいは、坪内に連絡をとったのかもしれない。

いずれにしても、梅川が単身でやってくることはないだろう。誰か用心棒を伴ってくるにちがいない。見城はそう判断し、数十分前から待ち伏せていたのである。

百面鬼は研究室で、立花を見張っているはずだ。

細菌研究所の前に、黒塗りのベントレーが停まった。梅川自身がステアリングを握っていた。だが、後部座席に人影がうずくまっている。

予想通りだ。

見城は薄く笑い、腰から消音器付きのベレッタM84を引き抜いた。残弾は四発だった。

スライドを静かに引いたとき、梅川がベントレーから出た。すぐに後部座席のドアが開き、小太りの若い男が降りた。

見覚えがあった。国生社長の愛人宅の前で美人検事を拉致しかけた二人組の片割れだ。

あの晩、二人は関西弁を使っていた。しかし、あれは関西の極道の犯行に見せるためのミスリード工作だったのだろう。二人組は梅川組の組員にちがいない。

見城はベントレーの陰に走り入った。

梅川と小太りの男は肩を並べて細菌研究所の門を潜った。あたりに、研究員たちの姿はなかった。

見城はベントレーを回り込むと、二人の背後に忍び寄った。爪先に重心を置いたからか、ほとんど足音は響かなかった。

見城は小太りの男の頭頂部をベレッタM84の銃把の底で強打した。

男が呻いて、その場にうずくまった。

梅川が驚いて、立ち竦《すく》んだ。見城はサイレンサーの先端を梅川の後ろ首に当て、手早く体を探《さぐ》った。丸腰だった。

「おみゃあは⁉」

小太りの男が立ち上がって、上着の裾《すそ》の下に慌てて手を突っ込んだ。

「今夜もハードボーラーを持ってるらしいな。おとなしく渡さないと、組長の頭がミンチになるぜ」

「くそっ」

「くそは、てめえだ。早く出せ！」

見城は声を張った。

小太りの男が、目で梅川の指示を仰いだ。梅川が無言でうなずく。

用心棒が舌打ちして、消音装置付きのハードボーラーを差し出した。

見城は左手でアメリカ製の自動拳銃を受け取った。コルト・ガバメントのコピーモデルで、材質はステンレスだ。四十五口径である。

「おれのことはわかってるだろうから、自己紹介は省《はぶ》かせてもらう。さ、歩け！」

見城は二挺の拳銃を突きつけ、梅川と小太りの男を立花の研究室まで歩かせた。

「よう、待ってたぜ」

百面鬼が梅川たち二人をからかった。

立花は床に腹這いにさせられていた。見城は、梅川と小太りの男を立花の横に這わせた。

「先生、えらいことしてくれたで。こりゃ、只じゃ済まんわ。覚悟しててちょ」

梅川が隣にいる立花を睨めつけた。

「なんとか堪えてちょよ」

「そういうわけにはいかんがね。先生、どこまで話したん？」

「あんたに脅かされ、プリオンのたっぷり入ったクールー感染液を渡したこと、それから岸上という人物と繋がりがあるらしいことも言うてしもうたわ」

立花が細い声で言い、顔を背けた。梅川は目を剝いたが、何も言わなかった。

「そういうことだ。おまえは岸上昌晴に頼まれて、立花の所有してる三重の山林に殺人試合の特設リングをこしらえて、空港島建設に関わりのある政官財界人を招いた。その連中に、組員たちが誘拐してきた少女たちを侍らせてた。そうだな？」

見城は屈み込み、梅川の分厚い肩にハードボーラーの消音器を押し当てた。

「なんの話か、わしにはわからんがな」

「粘る気か。ま、いい。おまえは、連続少女誘拐事件と殺人試合のことを嗅ぎつけた東京のフリージャーナリスト榊原充を組員か誰かに絞殺させ、その死体を横浜郊外の宅地造成地に遺棄させた。名古屋地検特捜部の草刈聡美をグエンというベトナム系のアメリカ人に殺らせたのは、彼女が新国際空港の建設に反対した人々が次々に死の病原体プリオンに冒されてることを不審がって、単独捜査をはじめたからだな？　どこか間違ってるかっ」

「おみゃあ、作り話がうまいが、わしにはどれも関係ないでよ。そのこと、よく憶えててちょ」

梅川が薄笑いを浮かべ、小狡そうな奥目を細めた。

見城は梅川の右腕を踏みつけ、ハードボーラーで手の甲を撃ち抜いた。梅川が金歯を剝いて、動物じみた悲鳴をあげた。

床に拡がりはじめた血溜まりを見て、立花が吐きそうになった。小太りの男は震えながら、たなびく硝煙を手で払っていた。

「どうせなら、もう片方の掌にも穴空けてやれや」

百面鬼が茶化すように言って、葉煙草《シガリロ》に火を点けた。

「か、堅気のくせに、やくざ者をなめくさって。ううーっ、痛《いて》え！」

梅川が憎しみを露にした。

「おまえ、老眼鏡を使ってるのか？」

「そんなもん使わんでも、なんでもよう見えるわ」

「なら、こいつは必要ないな」

見城は梅川の片方の耳を横に強く引っ張り、サイレンサーを押し当てた。

「う、撃たんでくれーっ。あんたの言った通りやわ。だけど、わし自身は何もしとらん。塾帰りの女の子たちを引っさらったのは組の若い者だぎゃね。グエンを動かしたのは、岸上さんだ」

「組長《オヤジ》さん、そりゃ汚ないで！　自分だけ、いい子になってるがね」

小太りの男が梅川を詰《なじ》った。

「榊原とかいう男の首を絞めたのは、おみゃあだ。わしは殺《や》っとらんで」

「おれは組長《オヤジ》さんに言われて、仕方なく殺《や》ったんだ。それ、忘れんでほしいで。いまさら、狡いぎゃ」

「手ぇ汚したのはおみゃあだで、罪しょわなあいかんで」

梅川が小太りの男に言い諭した。小太りの組員は、そっぽを向いた。

「罪のなすり合いとは情けないな。梅川、岸上はどこのダミーなんだっ」

見城は怒鳴った。

「ダミー？」

「岸上はアメリカの巨大ゼネコンの窓口として、新国際空港の工事を落札する気でいるんだろうが！」

「岸上さんが三友建設の常務やってた坪内さんと手ぇ組んで大口受注を狙ってたのは確かだけど、アメリカの巨大ゼネコンのことは知らんがね。信じてちょ」

「スーザンと名乗ってる金髪美人は、岸上がアメリカから呼び寄せたんだな？」

「それ、パトリシア・ケインのことじゃろうがい？　そうだぎゃね、パトリシアは岸上さんがニューヨークから呼んだ産業スパイ崩れのプロの色仕掛け屋らしいわ。どこまでほんとかわからんけど、パトリシアはアメリカの政府高官たちと寝て、いろんな情報を共和党の超大物政治家に流してるそうだがや。飛びきりのセクシー美人だが、怖い女だわ」

「痛みに、だいぶ馴れてきたようだな。それだけ長々と喋れたんだから」

「痛えでよ、すっごく。だから、もう撃たねえでちょ」

「そいつは、おまえの出方次第だな」

「こうなったら、なんでも話すで、耳から手ぇ離してちょ」

梅川が訴えた。見城はせせら笑って、立ち上がった。

そのとき、百面鬼が言った。

「ちょっと小便してくらあ」

「なんだい、こんなときに」

見城は顔をしかめた。

「自然現象には勝てねえだろうが。ついでに、ちょっと研究所の中を歩いてくるよ」

「そういうことか」

「ああ、そういうことだ」

百面鬼が意味深長な笑い方をして、立花の研究室から出ていった。プリオン感染液と注射器を探しに行ったのだろう。

「路上で引っさらった少女たちは、どこにいるんだ？」

見城は梅川に訊いた。

「常滑港にある岸上さんの会社の従業員寮におるわ」

「何人いるんだ？」

「五人死んだから、いまは七人だわ」

「殺人試合に出てた格闘技のプロたちは、おまえが高額のファイトマネーで釣ったんだろ？」

「あの連中は、岸上さんが集めてくれたんだわ。全部で十四人おったんだが、いま六人しかおらん」

「八人はデスマッチで死んだんだな？」

「そういうこっちゃ。めっぽう強いグレーシー柔術家がおって、各種の格闘家を六人も……」

「ファイトマネーはいくらだったんだ？」

「勝ったほうに一試合二億円払うことになっとるんだわ。グレーシー柔術の達人には、十二億円払わなならんのだけど」

「ファイトマネーは最初っから払う気はなかった。それで、ご用済みになったら、デスマッチの勝者を消すつもりだった。そうなんだなっ」

「岸上さんは、そのつもりでいるようやね」

「殺された少女や格闘家たちの死体はどうしたんだ？」

「硫酸クロムで白骨体にしてから、鈴鹿山脈の山ん中に埋めて……」

梅川が言葉を途切らせた。

ほとんど同時に、見城は梅川のこめかみを蹴った。梅川が転がって、小太りの組員の上に覆い被さった。組員が組長を乱暴に払い落とした。

そのとき、百面鬼が研究室に戻ってきた。

両手で大きな琺瑯《ほうろう》の四角い容器を抱えていた。その中には、大小のビーカーやシャーレが載っていた。ゴム手袋や注射器セットもあった。

「きみ、それは……」

立花が、ぎょっとした顔つきになった。

「新型クロイツフェルト・ヤコブ病、クールー、ゲルストマン・シュトロイスラー・シャインカー病、致死性家族性不眠症、狂牛病の感染液をひと通り揃えてきたぜ。どれにも、プリオンがたっぷり入ってるよな？」

「きみ、われわれ三人に死の病原体を注射器で……」

「そういうことだ。おめえら、どの病気になりてえか、好きなのを選べや」

百面鬼がゴム手袋を両手に嵌《は》め、注射器でビーカーの感染液を吸い上げた。

立花たち三人は、たちまちパニックに陥った。

「動くな。じっとしてろ」

見城は二挺の拳銃で、三人を威嚇した。逃げられないと観念した立花たちは、子供のように泣き喚きはじめた。小太りの組員は涙を流しながら、小便を垂れ流していた。

百面鬼が三人の首に無造作にプリオン溶液を注射しはじめた。

感染液は一種類ではなかった。すべてのビーカーとシャーレが空になるまで各種の感染液を吸い上げ、百面鬼は三人の体内に均等に注入した。

「これで、わたしの人生は本当に終わりだ」

立花が虚ろに呟き、不意に自分の舌を強く嚙んだ。だが、完全には嚙みきれなかった。ポスターカラーのような血糊を吐きながら、立花はのたうち回りはじめた。

「おみゃあのせいで、こんなことに……」

小太りの男が梅川に組みつき、太い両腕で首を絞めつけた。梅川は目を白黒させながら、組員の顔面に爪を立てた。

見城と百面鬼は黙って見ていた。間もなく梅川が動かなくなった。死んだのだろう。

「組長《オヤジ》を殺《や》っちまった。く、組の奴らに命《タマ》奪《と》られるで。殺されるがね」

小太りの男は夢遊病者のように立ち上がると、急に窓辺に走り寄った。そのまま、分厚いガラス窓に頭からダイビングした。

ガラスが派手に割れ、窓の下から男のかすかな呻き声がした。

「死にきれなかったら、自分で救急車を呼ぶんだな」

見城は、もがき苦しんでいる立花に言い放った。返事はなかった。

「逃《フ》げ《ケ》よう」

百面鬼が促した。

見城はうなずき、百面鬼とともに立花の研究室を出た。奪ったハードボーラーは捨てなかった。二人は細菌研究所を走り出ると、それぞれの車に乗り込んだ。先に車を発進させたのは、見城だ。クラウンがすぐに追ってきた。

二台の車は常滑港に向かった。

三十分ほどで、目的地に着いた。『マリンプラント・コーポレーション』の従業員寮は港から数百メートル離れた場所にあった。

軽量鉄骨造りの二階建てだった。

二人は従業員寮の前に車を停めた。百面鬼が拳銃を構え、先に寮の中に飛び込んだ。見城は二挺の自動拳銃を腰の後ろに挟んでから、建物の中に入った。

百面鬼は六人の格闘技の達人たちに銃口を向けていた。別の手で警察手帳を掲げている。

「七人の女の子は、一時間ほど前に岸上が南知多町《みなみちた》にある別荘に連れてったってよ。パトリシアも一緒だったらしいぜ」

「おまえら、おめでたいな」

見城は六人の男を見渡した。すると、男たちの表情が険しくなった。

「グレーシー柔術で六人も倒したのは、どいつなんだ」

「自分だが……」

男のひとりが一歩前に進み出て、腰に両手を当てた。

引き締まった体は、みごとに均斉が取れている。六人の男は全員、ジャージの上下を着ていた。それぞれ色は違う。

「あんたは一試合で二億円のファイトマネーを貰うことになってたそうだな？」

「ああ、そうだよ。おれは六人の対戦相手を倒したから、そのうち十二億円貰えるはずだ。それがどうしたっていうんです？」

「岸上は、おまえらにファイトマネーを払う気なんてないんだぞ」

「えっ、まさか!?」

「岸上は、いずれ殺人試合の出場選手を全員、始末させる気でいるんだよ。そのことを梅川がはっきりと証言した」

「なんだって!?」

グレーシー柔術家が驚き、ほかの五人を振り返った。五人の男たちは一様に気色《けしき》ばんだ。

「何か思い当たらないか？」

「最初は一試合ごとに払うと言ってたんだが、金を要求したら、まとめて払うと言って……」

「おまえたちは、岸上にうまく利用されたんだよ。岸上と梅川はデスマッチを政官財界の大物たちに観せながら、ゴンドラの中で、拉致した少女たちに性的な奉仕をさせてたんだ」

「その気配は感じられたが、いったい何のためにそんなことを？」

「岸上はゴンドラにビデオカメラを仕掛けていたのさ。大物たちの弱みを押さえて、中部国際空港建設の大口受注を取ろうと企んでたんだ」

「それが事実なら、赦せない奴だっ」

「おれたちは、これから別荘に七人の女の子たちを保護しに行く。なんなら、みんなも一緒に行って、岸上に詰め寄ったらどうなんだ？」

見城は男たちを煽《あお》った。

グレーシー柔術家が目顔で五人の格闘家に問いかけた。五人が相前後して、大きくうなずいた。

「それじゃ、みんなで別荘に乗り込もうや。誰か別荘に行ったことのある奴は？」

百面鬼が訊いた。即座にグレーシー柔術家が口を開いた。

「おれ、一度行ったことがあります」

「それじゃ、道案内してくれねえか」

だ。

「わかりました」

「よし、行くぜ」

百面鬼が六人に声をかけ、表に走り出た。グレーシー柔術家が覆面パトカーの助手席に坐り、シュートボクシング、中国拳法、サンボの使い手の三人が後部座席に乗り込んだ。

見城の車に乗り込んだのは、実戦《フルコンタクト》空手家と元力士の二人だった。

二台の車は右手に伊勢湾を見ながら、国道二四七号線を南下した。美浜《みはま》町を抜けると、南知多町に入った。

岸上の別荘は、入江のような須佐《すさ》湾を見下ろす高台にあった。地中海風の白い建物だった。二階家だ。

見城と百面鬼は六人の男たちを従えて、別荘に入った。

階下には、誰もいなかった。見城は真っ先に二階の寝室に飛び込んだ。

全裸の四十男と金髪の美女がキングサイズのベッドの上で、互いの性器に口唇愛撫を施し合っていた。ベッドの周りには、十一、二歳の少女たちが立っていた。どうやらベッドの男女は、オーラル・セックスの見本を示していたらしい。

「警察だ！　岸上昌晴にパトリシア・ケインだなっ」

百面鬼が裸の二人に言って、銃口を向けた。

七人の少女たちが抱き合って、泣き崩れた。

見城は少女たちを寝室から連れ出し、グレーシー柔術家に声をかけた。

「この子たちを階下《した》のサロンに連れてって、何か飲みものでも……」

「はい」

「取り調べが済んだら、おまえたちに声をかけるよ。それまで寝室に入らないでほしいんだ」

「わかりました」

グレーシー柔術家が五人の男を促し、少女たちを階下に導いた。

見城は上着の内ポケットに忍ばせたICレコーダーの録音スイッチを押してから、寝室に入った。

ベッドの上の二人は、胡坐《あぐら》をかいていた。

「岸上とパトリシアに間違いねえよ」

百面鬼が耳許で言った。

見城は『マリンプラント・コーポレーション』の二代目社長を睨みつけた。

「梅川が何もかも白状したよ。あんたは坪内寿行と共謀して、『睦友会』を解散に追い込んだ。大手ゼネコン五社の役員たちを色仕掛けで引っかけたのは、そこにいるスーザンことパトリシア・ケインだ。そうだなっ」

「ああ。脅迫電話をかけたのは、このおれさ」

岸上が捨て鉢に答えた。パトリシアが英語で何か呟き、肩を大仰に竦めた。

「あんたは中京会梅川組の組長に命じて、中京医科大学附属細菌研究所の立花教授を脅させ、死の病原体プリオンの感染液を手に入れさせた。それを空港島建設に強く反対してた連中に注射させた。実行犯は、梅川組の組員たちだな？」

「そうだよ」

「立花名義の三重の山林に殺人試合のための特設リングを建てたのも、あんただなっ」

「そうだが、デスマッチとゲストのスキャンダル映像の件は坪内さんのアイディアだよ。おれがアメリカに留学してたころ、坪内さんはニューヨーク駐在だったんだ。そんなことで、帰国後もつき合ってたんだよ」

「そうか。梅川組の小太りの男が榊原充を絞殺したことを吐いたぜ」

「その殺しまで、おれのせいにしないでくれ。東京のフリージャーナリストは、梅川が自発的に始末してくれたんだ。それから、女の子たちを拉致してきたこともな」

「名古屋地検特捜部の草刈検事については、どうなんだ？」

「梅川から女検事の動きについて報告があったんで、坪内さんと相談してグエンを日本に呼び寄せたんだよ」

「グエンはどこに潜んでるんだ？」

「わからない。ここ数日、連絡がないんでね」

「あんたや坪内のバックにいるのは、アメリカの巨大ゼネコンだなっ」

「まだ社名までは知らないようだな。なら、だんまり戦術でいくか」

「そうはさせない」

見城は腰の後ろから消音器付きのベレッタを引き抜き、そのまま威嚇射撃した。

九ミリ弾はベッドの背後の漆喰壁に埋まった。パトリシアがビー玉のような青い瞳を一瞬、大きく見開いた。

「やめろ、撃つな。ウォレス社だよ。坪内さんは、ウォレス社の日本支社長になることが決まってるんだ。うちの会社を受注窓口にして、ビッグプロジェクトの主体工事を落として、ウォレス社に〝丸投げ〟することになってたんだよ。逆バージョンになるがね」

「あんたの取り分は？」

「受注総額の八パーセントだよ」

「落札はできないな」

見城は内ポケットからＩＣレコーダーを取り出し、停止ボタンを押した。

「何とか折り合ってもらえないか。頼むよ」

岸上が哀願した。

見城は黙殺して、寝室を出た。吹き抜けの下のサロンにいるグレーシー柔術家を大声で呼んだ。すぐに寝室に戻る。

六人の男が階段を荒々しく駆け上がってきて、寝室になだれ込んだ。

「あんた、最初っからファイトマネーを払う気なんてなかったんだってな」

グレーシー柔術家が逆上気味に叫び、岸上をベッドから引きずり下ろした。

元力士が全裸のパトリシアを見て、生唾を呑んだ。サンボの達人の顔にも、好色そうな笑みが浮かんだ。二人はパトリシアを押さえつけると、競い争うようにジャージのパンツを脱いだ。どちらも、すでにエレクトしていた。

元力士がパトリシアの股を大きく割り、荒々しく交わった。サンボの使い手は、パトリシアの口の中にペニスを押し入れた。

残りの四人は岸上を蹴ったり、殴打しはじめた。誰もが殺気立っていた。

「後《あと》は任せよう」

見城は百面鬼に言って、先に寝室を出た。
二人は階段を駆け降り、七人の少女に歩み寄った。少女たちが安堵した表情になった。

エピローグ

さすがに目が疲れてきた。

見城は朝から、テレビのニュースを観通しだった。渋谷の自宅兼事務所だ。

昨夜、見城と百面鬼は七人の少女を二台の車に分乗させて、岸上の別荘を後《あと》にした。

少女たちを地元署に託すと、二人は帰路をたどりはじめた。それぞれの車のトランクには札束が詰まっていた。

百面鬼は嬉々《きき》とした顔で、交際中のフラワーデザイナーの自宅に向かった。見城は自分の塒《ねぐら》に帰り着くと、そのままベッドに潜り込んだ。

しかし、なぜだか熟睡できなかった。やむなく早朝からテレビニュースを観ることになったのだ。

おかげで、多くの情報を得られた。

中京医科大学附属細菌研究所の立花教授は、自分の研究室内で服毒自殺を遂げていた。

もう一度、舌を強く嚙むことはできなかったのだろう。

梅川を絞殺した小太りの組員も、研究室の窓の下で息絶えていた。失血死だった。落下時に肩と腰の骨を折った男は、這うことさえできなかったにちがいない。

南知多町の別荘の寝室では、岸上の血みどろの死体が発見された。

両腕は、へし折られていた。首の骨も捩切れていた。両眼は脳まで後退していた。実戦空手家が憎悪に駆られて、強烈な二本貫手《ぬきて》を見舞ったようだ。

岸上の顔は、バスケットボール大に膨れ上がっていたらしい。六人の格闘家に代わる代わる殴打され、蹴り上げられたのだろう。

所轄署の署員たちが別荘に踏み込んだとき、パトリシアの姿はなかった。六人の格闘家も消えていた。

おそらく金髪美人は六人の男たちに連れ去られ、どこかでセックスペットにされているのだろう。そうだとしても、パトリシアに同情する気にはならない。

見城は左手首のコルムを見た。午後二時過ぎだった。少々、瞼《まぶた》が重い。

夕方まで寝て、坪内寿行に迫るか。

見城は遠隔操作器《リモート・コントローラー》を使って、テレビの電源を切った。ちょうどそのとき、部屋のインターフォンが鳴った。不倫調査の依頼だろうか。

少し面倒な気がしたが、見城は玄関に急いだ。ドアスコープを覗くと、坂巻が立っていた。有名デパートの手提げ袋を持っていた。

見城はドアを開けた。

「いてくれて、よかったよ。ひょっとしたら、まだ東京に戻ってないかもしれないと思ってたんだ」

「きのうの晩、東京に戻ってきたんです」

「そうか。おまえには、いろいろ迷惑かけてしまったな。これ、ささやかなお詫びだよ。黙って受け取ってくれないか」

坂巻が手提げ袋を差し出した。

「そんな気を遣ってくれなくてもいいのに。中身、何なんです？」

「バーボン・ウイスキーだよ。おまえの好きな銘柄、確かブッカーズだったよな？」

「何から何まで気を遣ってもらって、申し訳ありません。せっかくですから、遠慮なくいただきます。先輩、一緒に飲みましょうよ。どうぞ上がってください」

「悪いが、時間がないんだ。これから、ウォレス社の役員に会うことになってるんだよ。ま、面接試験みたいなもんだな」

「先輩、ウォレス社に移る気なんですか⁉」

「ああ。坪内さんの口利きで、ウォレス社の日本支社に転職しようと思ってるんだ。坪内さん、日本支社長に就任したんだよ。それで、おれを引き抜いてくれたんだ。年俸二千万円は保証してくれるって言うんだよ。外資系企業は能力主義だから、働き甲斐があると思うんだ。で、思い切って新しい職場に移る気になったんだよ」

「それ、考え直したほうがいいですね。坪内寿行は、先輩の知らない顔を持ってる悪人なんですよ。汚い策謀家なんです」

「おい、見城！　言葉を慎めっ。坪内さんをそんなふうに言うんだったら、いくら後輩でも……」

「坪内の素顔を教えましょう。入ってください」

見城は強引に坂巻を部屋に上がらせ、ソファに坐らせた。手早くＩＣレコーダーの再生ボタンを押した。

見城と岸上の遣《や》り取りが流れはじめた。

坂巻は身を乗り出して、音声に聴き入っている。見城は坂巻と向かい合う位置に腰かけ、煙草に火を点けた。

やがて、音声が熄《や》んだ。

見城は停止ボタンを押し、喫いさしの煙草の火を揉み消した。

「この岸上って男、坪内さんに何か恨みでもあるんじゃないのか？」

坂巻が苦渋に満ちた表情で言った。

「先輩、目を覚ましてください。坪内は被害者面して、『睦友会』をぶっ潰したんです」

「ちょっと待ってくれ。仮にそうだとしたら、なぜ見城に謎の脅迫者捜しを依頼したんだ？」

「それは、第三者に自分が被害者であることを印象づけたかったからでしょう」

「それはわかるが、あまりにも危険じゃないか。だって、おまえが狂言を見抜くかもしれないわけだから」

「坪内は、このおれも始末する気だったんですよ。現に、おれは殺されそうになりました」

「信じられない、とても信じられない話だ。よし、おれが直に坪内さんに真偽を確かめてみよう」

「そんなことをしたら、先輩は確実に殺されるでしょう」

「まさか、そんなことは……」

「甘いな。坪内は自分の野望の邪魔になるものは、冷酷に排してきた奴なんです。先輩をウォレス社の日本支社に引き抜こうとしたのは、恩を着せて自分に逆らえないようにしたかったからなんだと思います」

「なんてことになってしまったんだ」

「まだ会社に辞表は出してないんでしょ？」

「ああ、まだ出してないよ」

「それなら、そのまま三友建設にいて、坪内から遠ざかるんですね」

「その録音音声のメモリー、警察に渡すのか？」

「そこまで考えてませんが、おれなりの決着をつけるつもりです。もちろん、先輩に迷惑をかけるようなことはしません。坪内の自宅の電話番号を教えてくれませんか？」

見城は言った。

坂巻が少し迷ってから、懐からアドレスノートを取り出した。見城はメモを執った。

坪内の自宅は世田谷区内の邸宅街にあった。

十分ほど経つと、坂巻が辞去した。

見城はスチールデスクに向かい、岸上のデータを早戻しした。坪内の自宅に電話をすると、当の本人が電話口に出た。

「面白いテープを聴かせてやろう」

「け、見城だな？」

「そうだ。殺された岸上が何もかも喋ったぞ」

見城はＩＣレコーダーの再生ボタンを押し、受話器を机の上に置いた。紫煙をくゆらせながら、データの停まるのを待つ。

停止ボタンを押したとき、受話器の送話孔から坪内の焦った声が洩れてきた。

「見城、いや、見城さん、その録音音声の件で相談に乗ってくれないか。頼むよ、きみ！」

「こっちの条件を全面的に呑めば、録音音声データは譲ってやろう」

「どんな条件も呑むよ」

「あんたの生命保険の総額は？」

「ちょうど三億だ」

「保険金の受取人は妻か子供になってるんだな？」

「その両方だよ」

「すべての保険金の受取人を即刻、榊原充のひとり娘の彩花の名義に変更しろ」

「三億円そっくりか⁉」

「そうだ。いやなら、録音音声のメモリーは警察に渡す。それで、いいんだなっ」

見城は念を押した。

「それは、それは困る。わかった。できるだけ早く受取人の名義を変更しよう」

「もう一つ条件がある」

「まだあるのか⁉」

「あんた、株と預金を併《あわ》せると、資産はどのくらいになる？」

「株価が下がりっ放しだから、二億数千万円だろうね」

「それを草刈聡美の親族に寄贈するという遺言を公正証書にしてもらえ」

「それじゃ、わたしに万が一のことがあったら、妻や子供たちにはこの家しか遺してやれないじゃないか」

「子や孫に美田を残すと、骨肉の争いの因《もと》になるよ。自宅を売りゃ、奥さんは喰っていけるだろうが」

「しかし、それでは家内がかわいそうすぎる」

「ウォレス社でせいぜい頑張って、高い年俸を貰うんだな。そうだ、ついでにウォレス社の相棒の名を教えてもらおうか」

「それは勘弁してくれ。相手に迷惑がかかるからね」

「共犯者を庇《かば》い通す気なら、この裏取引はなかったことにしよう」

「副社長のマイケル・パーカー氏だよ」

「そうかい。それじゃ、三日後に保険証書と公正証書の写しを貰おうか。そのとき、さっきのICレコーダーの音声のメモリーを渡してやろう」

「録音音声、ダビングしてないだろうな?」

坪内が疑わしそうに問いかけてきた。

「おれを小悪党扱いする気かっ」

「別に、そういうわけじゃないんだが、念のために訊いてみたんだ」

「安心しろ。データはまったく複製してない。三日後に、落ち合う場所を連絡する。そうだ、マイケル・パーカーにも会ってみたいな。あんたと一緒に来るよう手配しとけ」

「パーカー氏も強請る気なのか!?」

「そうじゃない。ちょっと面《つら》を見ておきたいだけだ」

見城は電話を切った。


三日後の夜である。

見城は日比谷の帝都ホテルの一室にいた。

長椅子には坪内寿行とマイケル・パーカーが並んで腰かけていた。部屋の隅には、ベトナム系アメリカ人のグエンが立っている。

見城はグエンを警戒しながら、坪内が差し出した保険証書と公正証書の写しに目を通した。不備な点はなかった。

「録音音声のデータを早く渡してくれないか」

坪内が急《せ》かした。見城はホテルに来る前にダビングしたメモリーを渡した。

「これ、挨拶代わりです」

五十年配のマイケル・パーカーが滑らかな日本語で言い、ドル紙幣の詰まったマニラ封筒を差し出した。

「何か勘違いしてるな。おれは銭が欲しいわけじゃないんだ」

「女ですか？　それなら、ハリウッドのセクシー女優をご用意しましょう」

「鈍いな」

見城は嘲笑し、消音器付きの自動拳銃を腰の後ろから二挺引き抜いた。ベレッタM84とハードボーラーだ。

坪内とパーカーが同時にのけ反った。グエンが手裏剣に似たナイフを振り翳《かざ》した。

見城はソファに坐ったまま、右手のハードボーラーでグエンの眉間を撃ち抜いた。

グエンは壁まで吹っ飛んだ。壁面に鮮血が飛び散っていた。

「撃たないでくれ」

坪内とパーカーが声を揃え、慌てて立ち上がった。

見城は二つの引き金を一緒に絞った。顔面に被弾した坪内とパーカーが、長椅子ごと引っくり返った。血の臭いが室内に拡がった。

見城は腰を上げ、コーヒーテーブルを回り込んだ。

坪内とパーカーは虚空を睨んだまま、息絶えていた。見城は二本のサイレンサーを外し、上着の内ポケットに入れた。二挺の自動拳銃は腰の後ろに戻した。

せっかくだから、貰っておくか。

見城はダビングメモリーを抓み上げたついでに、マニラ封筒も掴み上げた。かなり重い。日本円にして、一千万円ぐらい入っていそうだ。

急いで部屋を出ると、百面鬼が廊下の壁に凭れかかっていた。

「やっぱり、こういうエンディングだったか。早くドアを閉めろや。かすかに火薬の臭いがするぜ」

「そいつは危《ヤバ》いな」

見城はドア・ノブをハンカチで拭って、扉を閉ざした。

「そっちが必ず坪内を咬《か》むと読んで、この三日間、マークしてたんだよ。で、坪内から、どのくらい寄せたんだい？　五千万以下ってことはねえよな」

「今回は、榊原充と草刈聡美の賠償金を寄せただけなんだ」

「マジかい⁉」

百面鬼が素っ頓狂な声をあげた。

見城は坪内の生命保険証書と遺言公正証書の写しを見せ、手短に説明した。さらに、マイケル・パーカーとグエンも葬ったことを明かした。

「そのマニラ封筒の中身は札束みてえだな」

「ドル紙幣だよ。パーカーが挨拶代わりにってくれたんだ」

「そいつは、おれが貰っとこう。殺人《コロシ》のお目こぼし料としてな」

百面鬼がグローブのような手を差し出した。

見城は苦笑し、マニラ封筒を百面鬼に渡した。

「持ってけ、泥棒！」

「まるでバナナの叩き売りだな。これで、一件落着か。見城ちゃん、銀座で派手に飲もうじゃねえか」

「百《どう》さん、ひとりで豪遊してくれ」

「つき合い悪いな」

百面鬼が言った。

「これから、里沙と温泉に行くことになってるんだ」

「里沙ちゃんじゃ、文句言えねえな。おれも久乃を誘って、能登あたりに行くか」

「北陸は避けてほしいね」

「わかった。加賀温泉あたりで、里沙ちゃんとしっぽり濡れるつもりなんだな？」

「まあね。百さん、少しボキャブラリーが増えたな。後の処理、よろしく！」

見城はエレベーターホールに向かった。

温泉旅行から戻ったら、岸上の音声だけを編集して、匿名で唐津に録音音声を送るつもりだ。少女たちに性的な奉仕を強いた政官財界人たちも、何らかの形で裁くことになるだろう。

不意に、脳裏に里沙の美しい裸身が浮かんだ。

見城は足を速めた。

本書は、一九九八年十月に徳間文庫から刊行された『暗闘』を改題し、大幅に加筆修正したものです。

本作品はフィクションであり、実在の個人・団体とは一切関係がありません。（編集部）

実業之日本社文庫　最新刊

青柳碧人
彩菊あやかし算法帖　からくり寺の怪
キュートな彩菊が、妖怪が起こす事件を得意の算法で解決！『むかしむかしあるところに、死体がありました。』著者が贈る、新感覚時代×数学ミステリー！
あ16 2

阿川大樹
終電の神様　台風の夜に
ターミナルの駅員、当直明けの外科医、結婚式を予定しているカップル——台風で鉄道が止まる一夜、それぞれの運命が動き出す。感動のベストセラー新作！
あ13 3

秋吉理香子
婚活中毒
この人とならーーと思った瞬間、あなたは既に騙されている！　人生はどんでん返しの連続。幸福を願うすべての人へ贈る婚活ミステリー。（解説・大矢博子）
あ23 1

安生 正
襲撃犯
碓氷峠で自衛隊の運搬車が襲撃された。自衛官惨殺、プルトニウム燃料強奪。鮮やかな手口だ。自衛隊崩壊の危機に、不器用な男たちが、愚直に真実を追う！
あ24 1

井川香四郎
桃太郎姫　望郷はるか
偽金騒動を通じて出会った町娘・桃香に、商家の若旦那がひと目惚れ。その正体が綾歌藩の若君（!?）と知らない彼は……人気シリーズ、待望の最新作！
い10 7

大林宣彦
ぼくの映画人生
映画とともに生き、道なき道を切り開いてきた著者が、七十歳を機にその半生と映画論を語った感動の自伝。すべての人の背中を押す勇気の書。（解説・赤川次郎）
お10 1

沢里裕二
湘南桃色ハニー
ビールメーカーの飯島は、恋人を寝取られたことをきっかけに己の欲望に素直になり……。ビーチで絡み合う水着と身体が眩しい、真夏のエンタメ官能コメディ！
さ3 11

実業之日本社文庫　好評既刊

南 英男
刑事《デカ》くずれ
刑事を退職し、今は法で裁けぬ悪党を闇に葬る裏便利屋・郷力恭輔。彼が捨て身覚悟で守りたいものとは？灼熱のハードサスペンス！
み71

南 英男
裏捜査
美人女医を狙う巨悪の影を追え——元SAT隊員にして始末屋のアウトローが、巧妙に仕組まれた医療事故の陰謀に鉄槌を下す！　長編傑作ハードサスペンス。
み72

南 英男
切断魔　警視庁特命捜査官
殺人現場には刃物で抉られた臓器、切断された五指が。美しい女を狙う悪魔の狂気。戦慄の殺人事件を警視庁特命警部が追う。累計30万部突破のベストセラー！
み73

南 英男
特命警部
警視庁副総監直属で特命捜査対策室に籍を置く畔上拳。未解決事件をあらゆる手を使い解決に導く。元部下の巡査部長が殺された事件も極秘捜査を命じられ…。
み74

南 英男
特命警部　醜悪
闇ビジネスの黒幕を壊滅せよ！　犯罪ジャーナリストを殺したのは誰か。警視庁副総監直属の特命捜査官・畔上拳に極秘指令が下った。意外な巨悪の正体は？
み75

南 英男
特命警部　狙撃
新宿の街で狙撃された覆面捜査官・畔上拳。本人は助かったが、流れ弾に当たって妊婦が死亡。その夫は畔上を逆恨みし復讐の念を焦がす……シリーズ第3弾！
み76

南 英男
特命警部　札束
多摩川河川敷のホームレス殺人の裏で謎の大金が動いていた——事件に隠された陰謀とは!?　覆面刑事が闇に葬られた弱者を弔い巨悪を叩くシリーズ最終巻。
み77

南 英男
報復の犬
ガソリンで焼殺された罪なき弟。復讐の狂犬となった、元自衛隊員の兄は犯人を追跡するが、逆に命を狙われ……壮絶な戦いを描くアクションサスペンス！
み78

実業之日本社文庫 み7 16

脅迫《きょうはく》 強請屋稼業《ゆすりやかぎょう》

2020年8月15日 初版第1刷発行

著 者 南 英男《みなみひでお》

発行者 岩野裕一
発行所 株式会社実業之日本社
〒107-0062 東京都港区南青山 5-4-30
CoSTUME NATIONAL Aoyama Complex 2F
電話 [編集]03(6809)0473 [販売]03(6809)0495
ホームページ https://www.j-n.co.jp/

DTP ラッシュ
印刷所 大日本印刷株式会社
製本所 大日本印刷株式会社

フォーマットデザイン 鈴木正道(Suzuki Design)

ISBN978-4-408-55611-6(第二文芸)